Robert Klement

LARAS VAMPIR

THRILLER

Robert Klement

LARAS VAMPIR

THRILLER

Obelisk Verlag

Bibliografische Information der Deutschen Nationalbibliothek
Die Deutsche Nationalbibliothek verzeichnet diese Publikation
in der Deutschen Nationalbibliografie;
detaillierte bibliografische Daten sind im Internet
unter http://dnb.d-nb.de abrufbar.

Neue Rechtschreibung

Lektorat: Regina Zwerger

Druck und Bindung: CPI Books, 25917 Leck, Deutschland

ISBN 978-3-99128-001-9

www.obelisk-verlag.at

INHALT

DUNKLES GEHEIMNIS

Der Sarg stand mitten im Raum. Ein dreiarmiger Kerzenleuchter spendete spärliches Licht. Das kleine Zimmer war in düsteres Rot getaucht. Dazu ertönte schaurige Musik. Im offenen Sarg lag eine hagere Gestalt, gebettet auf violetten Samt. Das Leben musste diesem Menschen hart zugesetzt haben.

Schritte, Flüstern, Rascheln. Der Mann im Sarg hörte, wie sich die schattenhaften Gestalten zögernd näherten. Er hielt den Atem an. Sie starrten in sein leichenblasses Gesicht, auf die wie zum Gebet gefalteten Hände. Sie waren wie berauscht vom betäubenden Duft der Kerzen. Stimmen, Gesprächsfetzen drangen an sein Ohr: „Ist der echt?“ – „Nein, eine Puppe!“ – „Muss der den ganzen Tag da liegen?“ Kinder klammerten sich an ihre Eltern, nervöses Gekicher. Das meiste verstand er nicht, ein Sprachgewirr aus Englisch, Deutsch, Spanisch, Japanisch und Ungarisch. Er hörte das Klicken der Kameras, Blitzlichter zuckten. Der Raum füllte sich.

„Jetzt“, dachte er. „Jetzt ist es so weit.“ Niclas schnellte in seinem Sarg mit weit ausgebreiteten Armen hoch, ein qualvoller Schrei gellte durch das Zimmer, lang gezogen, ohrenbetäubend. Die Touristen stoben wild auseinander. Kreischen, Gelächter, Bravo-Rufe, einige applaudierten.

Der Vampir-Job in einem Gruselhaus war alles andere

als einfach. Es mochte absurd klingen, doch das Herumliegen in dieser Kiste ermüdete Niclas ungemein. Am späten Nachmittag nickte er schon mal ein und amüsierte sein Publikum mit heftigem Geschnarche. Aber bekanntlich schliefen die Blutsauger ja tagsüber. Um den kargen Lohn aufzubessern, hatte er eine Kappe mit Münzen neben den Sarg gelegt. Einige Touristen gaben Trinkgeld – bis der Chef davon erfuhr. Ein Vampir, der um Trinkgeld bettelt? Völlig unmöglich!

Es war peinlich, weil er einmal vergessen hatte, sein Handy auszuschalten. Die Leute hatten ihn aufgefordert abzuheben, was er dann tatsächlich tat. Ein telefonierender Vampir im Sarg! Das Gelächter und Gejohle wollte kein Ende nehmen. Sofort fand das Video Verbreitung in den sozialen Netzwerken und war ein Renner auf YouTube.

Gerade in letzter Zeit dachte Niclas oft über sein Leben nach, in seinem Sarg hatte er auch verdammt viel Zeit dazu. Er spürte eine Leere in sich, eine gähnende, lähmende Leere. Oft war ihm, als hätte er an einer Weiche ein falsches Gleis genommen, als würde er auf fremden Schienen einem unbekannten Ort entgegenrauschen. Es plagte ihn die wahnhafte Vorstellung, er würde von einer Macht ergriffen, vor der er sich nicht schützen konnte. Es machte ihm Angst, dass er immer wieder diese Stimmen hörte. Stimmen, die durch seinen Kopf spukten. Er hatte in letzter Zeit schlecht geschlafen, denn das Gewisper verfolgte ihn bis in seine Albträume.

Einst war er ein tüchtiger Arbeiter mit einem angesehenen Job im Schloss Bran. Nach einem Unfall, der ihn zum Krüppel machte, humpelte er nur noch auf Krücken dahin. Und dann endete dieses erfüllte Leben in einem Sarg. Langsam zuerst, dann immer schneller, zog es ihn hinab. Zuerst der Unfall, dann seine Frau, die ihn als Nichtsnutz und Trunkenbold verachtete, schließlich sein Sohn, der auf die schiefe Bahn geraten war. Außer seiner Tochter gab es nun keinen Menschen mehr, der ihm nahe stand.

Irgendwann hatte er das Gefühl, die anderen würden ihn gar nicht mehr wahrnehmen. Ihn, Niclas Albescu, den alle nur Niclas nannten. Niclas, den Krüppel, den Verlierer. Inzwischen konnte er nicht einmal mehr der eigenen Frau trauen.

Er wusste, dass sich im roten Schummerlicht nun wieder Besucher um seinen Sarg versammelt hatten. Mit ausgebreiteten Armen und einem wüsten Schrei, in den er seine ganze aufgestaute Verzweiflung legte, schnellte er in seiner Kiste hoch.

Wenn Lara am Morgen erwachte, fiel ihr Blick auf die Türme von Schloss Bran.

Dieser 15. Oktober dämmerte heran und begann nicht anders als die übrigen grau verschleierten Tage im Herbst. Sie wusste, was zu tun war: im Stall die Tiere füttern, ausmisten, dann rasch ein paar Sachen für die Schule wiederholen. Lara hatte in dieser Vollmondnacht unruhig geschlafen, da war dieses merkwürdige Gefühl, dass etwas Ungewöhnliches passieren würde.

In der Küche wartete die Mutter mit dem Frühstück.

Sie war auf dem Sprung in die Fabrik. Sie trug heute glitzernde Ohrringe und lackierte gerade ihre Nägel. Schwaden ihres Parfums hingen in der Küche. Die Mutter besprach mit Lara die Arbeiten im Stall, gab Hinweise zum Stroheinstreuen, dann sagte sie:

„Papa ist nicht da."

Lara blickte erschrocken auf. „Was? Wo ist er?"

„Weiß ich nicht. Er ist gestern Abend nicht heimgekommen. Sein Handy ist tot."

„Und das sagst du mir so nebenbei?"

„Ich sage es dir jetzt", antwortete die Mutter gereizt. „Wahrscheinlich hat er wieder einmal über den Durst getrunken und schläft seinen Rausch irgendwo aus. Es wäre ja nicht das erste Mal."

Hastig griff Lara zum Handy, rief den Vater an, doch es kam keine Verbindung zustande. Die Mutter wirkte ziemlich gleichgültig. Sie fuchtelte mit den Händen auf und ab, damit der Nagellack schneller trocknete.

„Wenn er zu Mittag nicht da ist, mache ich bei der Polizei eine Anzeige."

„Dann ist es vielleicht schon zu spät", schrie Lara und sprang auf.

„Wo willst du hin?"

„Ihn suchen. Irgendjemand muss es ja tun!"

„Du wirst den Bus verpassen."

Lara schnappte ihren Anorak und rannte los. Am Morgen war in dieser ländlichen Gegend kaum jemand unterwegs, Papa könnte seit Stunden irgendwo da draußen liegen. Die Nächte waren kühl. Sicher hatte er wieder einmal zu viel getrunken. Es hatte vor einigen Tagen einen heftigen Streit der Eltern gegeben. Es war schrecklich, fast jeden Tag vor Augen zu haben, wie sich ein Ehepaar zerfleischte.

Lara rannte an der Königin-Maria-Kapelle vorbei, daneben grasten Pferde auf einer Koppel. Der Vater nahm stets die Abkürzung über eine Schafweide, auf der häufig Touristen standen, weil man von dort den besten Blick aufs Schloss hatte. Lara war nun beim Fluss angelangt, hastig lief sie über die kleine Holzbrücke. Auf der linken Seite breiteten sich dichte Wälder aus. Nach dem Hotel Vera führte der Weg entlang der Straße. Dort war das Gasthaus, in dem er häufig saß. Es hatte noch geschlossen. Hier hatte sein Heimweg begonnen. Verzweifelt machte Lara kehrt, keine Spur ihres Vaters!

Als sie wieder bei der Brücke angelangt war, blickte sie mit weit aufgerissenen Augen in die starke Strömung des Turcul. Sie spürte, wie ihre Knie plötzlich weich wurden, und klammerte sich an das Geländer. Er könnte am Ufer mit seinen Krücken ausgeglitten sein. Die Erde war feucht, es hatte zuletzt stark geregnet. Oder war es möglich, dass er nicht mehr leben wollte?

Hatte vielleicht die Mutter mit seinem Verschwinden zu tun? Schon lange wusste Lara um ihr dunkles Geheimnis.

Grigore war Chefermittler im Kommissariat für Kapitaldelikte: Mord, Totschlag und schwerer Raub. Auf dem Weg nach Bran rief er seinem Kollegen Mike alle bisher bekannten Fakten in Erinnerung:

„Die örtliche Polizei ist überzeugt, dass die Ehefrau dahintersteckt. Es hat bei den Albescus oft lautstarke Auseinandersetzungen gegeben. Nachbarn haben einige Male die Polizei gerufen. Außerdem hat die Frau eine Beziehung mit einem Arbeitskollegen."

In Grigores aktuellem Fall war nicht die Vermisstenabteilung des Sicherheitsbüros von Brasov zuständig. Der Staatsanwalt hatte den Auftrag erteilt, die Mordermittlungen aufzunehmen.

„Der Freund könnte also mitgeholfen haben, die Leiche verschwinden zu lassen", sagte Mike.

„Genau. Es gibt noch einen 18-jährigen Sohn. Mehrere Vorstrafen wegen Drogen, Körperverletzung, Sachbeschädigung. Er ist ins Ausland abgetaucht, hat keinen Kontakt zur Familie. Vater, Mutter und Tochter unbescholten. Die Tochter ist 15 und besucht das Gymnasium. Die Familie ist schwer verschuldet."

Kommissar Lucian Grigore sah genauso aus, wie man sich einen erfahrenen Kriminalisten vorstellt: zäh, gewitzt, um keine List verlegen und jedem Schurken gewachsen. Im Gesicht des großen, hageren Mannes spiegelten sich Gutmütigkeit und Nachsicht. Aber auch Härte und Entschlossenheit. Seine Umgebung bewunderte die Stilsicherheit und Eleganz eines weltgewandten englischen Gentlemans.

Die beiden Kriminalisten näherten sich ihrem Einsatzziel. „Statiunea turistica Bran", stand am Ortsschild – Touristenort Bran. Auf einer Anhöhe thronte Rumäniens berühmtestes Schloss. Das mächtige weiße Bauwerk mit den roten Dächern und Spitztürmen erhob sich majestätisch über einem Felsen.

„Dracula", sagte Mike und grinste. „Warst du schon einmal da drinnen?"

„Ist ewig lange her. Ein Ausflug mit der Schulklasse. Du?"

„Nein. Aber vielleicht einmal mit meinem Sohn, wenn er älter ist. Mich stört der Touristenrummel."

Dieses Schloss hatte Grigore schon als Kind fasziniert. Bran entsprach haargenau seinen kindlichen Vorstellungen von einem Spukschloss.

„Unser Vermisster war im Schloss als Hausmeister angestellt. Nach einem Unfall wurde er entlassen und hat einen Job im Horrorhaus gefunden."

„Horrorhaus? Meinst du unser Polizeipräsidium?"

„He, wir sind im Dienst!", mahnte Grigore. „Das ‚House of Horror' ist eine Touristen-Attraktion in Bran. Tanzende Skelette, Hexen, Ströme von Blut, eine Art Geisterbahn."

Der blaue Geländewagen verließ die DN 73 und polterte über eine Brücke. Nach einer langgezogenen Kurve führte die Straße leicht bergab. Mike hielt den Wagen in einiger Entfernung vom Wohnort der Familie Albescu an. Von dem erhöht liegenden Straßenstück hatte man freie Sicht auf das gesamte Grundstück. Der Bauerhof wirkte heruntergekommen. Daneben eine Scheune, ein Stall, ein Autowrack, in dem eine Katze spielte, ein Komposthaufen, alte Autoreifen, Kanister.

„Genug Platz, um einen Toten verschwinden zu lassen", meinte Grigores Kollege Petran, den alle Mike nannten, weil er dem Supercop aus einer amerikanischen Krimi-Serie ähnlich sah. „Dort bei dem Schuppen ist gegraben worden."

„Vor dem Stall ist eine Holzabdeckung", sagte Grigore. „Dort ist vermutlich die Jauchegrube."

In einer Ecke brannten Äste, Laub und allerlei Unrat. Eine schwarze Rauchfahne zog über das angrenzende Feld. Sollten durch das Feuer Spuren vernichtet werden?

Mike öffnete die Heckklappe, Drago sprang heraus und quengelte ungeduldig. Mike war ausgebildeter Hundeführer. Wenn der Gesuchte dort irgendwo vergraben lag, würde Drago ihn finden. Der Rüde war einer der besten Leichenspürhunde der Kripo. Grigore arbeitete seit fast 30 Jahren als Mordermittler. Oft verharrte er lange an einem Tatort und wartete, dass der Tatort zu ihm sprach. Hier war der Ort, wo der Täter Entscheidungen getroffen hat. Sie gaben Hinweise auf seine Person. Grigore versuchte, sich alle Details einzuprägen. Natürlich hatte er das Grundstück zuvor auf Google Earth studiert.

Die beiden beobachteten eine Frau und ein junges Mädchen, die damit beschäftigt waren, einen Zaun auszubessern. Sie schlugen einen Holzpfahl in die Erde.

„Das ist vermutlich Lara, die Tochter des Vermissten", sagte Grigore. Es war ein Mädchen irgendwo zwischen Kind und Halbwüchsiger.

Drago schien zu ahnen, dass ihm eine wichtige Aufgabe bevorstand, und zog heftig an der Leine, als sie sich dem Haus näherten. Die beiden Männer grüßten.

„Entschuldigen Sie bitte, Liana Albescu?"

„Ja, was wollen Sie?“ Die Frau blickte misstrauisch über die Hecke.

„Wir sind Ermittler der Kriminalpolizei. Mein Name ist Grigore. Das ist mein Kollege Petran. Es geht um Ihren Mann. Wir haben da ein paar Fragen.“ Sie zeigten ihre Dienstausweise.

„Kommen Sie weiter.“

Mike wandte sich an Lara: „Keine leichte Arbeit für eine junge Dame.“

Das Mädchen errötete sanft. Eine angespannte Wachsamkeit lag in diesem Antlitz. Grigore fand, dass sie seiner Tochter sehr ähnlich sah.

„Der Zaun muss bald fertig sein“, sagte die Mutter. „Die Wölfe nähern sich im Winter der Siedlung. Beim Nachbarn haben sie voriges Jahr drei Schafe gerissen. Was wollen Sie übrigens mit dem Hund?“

„Wir müssen allen verfügbaren Spuren nachgehen, das ist unser Job“, sagte Mike und marschierte mit Drago sofort los. „Wir haben auch einen Durchsuchungsbeschluss.“ Der belgische Schäfer war ein sogenannter Tatorthund. Er konnte Verwesungsgeruch aufspüren und Spuren aufnehmen, die fast ein Jahr alt waren.

Lara eilte die Treppe zu ihrem Zimmer hinauf. Frau Albescu und der Kommissar nahmen im Wohnzimmer Platz. Sie hatte dunkellila gefärbtes, schulterlanges Haar. Ihr Gesicht erschien Grigore hart wie Beton und verschlossen wie ein Tresor. Er wollte ein Vertrauensverhältnis aufbauen und die Frau nicht sofort in eine Abwehrhaltung drängen.

„Haben Sie eine Vermutung, wo Ihr Mann sein könnte? Haben Sie eine Erklärung für sein Verschwinden?“

Sie zündete sich eine Zigarette an und schlug die langen Beine übereinander. Dann fixierte sie Grigore mit kaltem Blick und sagte ungerührt: „Niclas hat sich umgebracht. Auf dem Heimweg vom Gasthaus hat er stets eine Abkürzung über die kleine Brücke genommen. Im Turcul können Sie ihn suchen, er führt jetzt übrigens Hochwasser.“

„Wenn man die Leiche findet, wird man die Todesursache exakt feststellen können“, entgegnete Grigore.

Er war befremdet, wie gleichgültig und unbeteiligt die Frau wirkte. Sie schilderte Niclas als gebrochenen Mann und schweren Alkoholiker, der sich in den Bier-Dunst seiner Stammkneipe geflüchtet hatte. Ein Arbeitsunfall habe ihn völlig aus der Bahn geworfen. Plötzlich sei er launisch und unleidlich geworden. Grigore ging mit ihr die Aussagen durch, die sie bereits bei der Polizei getätigt hatte. Ob sie in der besagten Nacht zu Hause gewesen war, wo sich die Tochter befunden hatte. Dann sagte er unvermittelt: „Nachbarn haben ausgesagt, in dieser Nacht auf ihrem Grundstück Schreie gehört zu haben.“

„Es gab keine Schreie. Die Polizei von Bran und einige Leute hier wollen mir etwas anhängen.“

„Warum sollte Ihnen die Polizei einen Mord unterstellen?“

„Niclas hatte Streit mit dem Chefinspektor. Der hat ihn aufgrund einer anonymen Anzeige verdächtigt, Holz gestohlen zu haben. Für einen Behinderten wie

Niclas schwer möglich. Mein Mann hat ihn heftig beschimpft. Er hat die Polizei immer gehasst, ich übrigens auch."

Sie saß betont aufrecht, als wollte sie mit dieser forschen Haltung ausdrücken: Mich kriegt ihr nicht! Ihre Stimme klang so verlebt und verraucht wie die einer alten Frau, obwohl sie erst 42 war. Sie wirkte plötzlich unruhig, zog gierig an ihrer Zigarette. Der Mann mit dem Hund, den sie durchs Fenster beobachtete, schien sie nervös zu machen.

„Glauben Sie, ich weiß nicht, was hier gespielt wird? Ihr Köter ist ein Leichenspürhund. Sie suchen an der falschen Stelle, Sie sollten besser gehen, hier vergeuden Sie bloß Ihre Zeit."

Das Blau ihrer Augen blieb undurchsichtig und ließ Grigore an die klirrende Kälte eines Wintermorgens denken. Seine Blicke schweiften durch den Raum. Er ging zur Vitrine. Dort standen etwa zwei Dutzend Pokale hinter der Glaswand.

„Wer hat denn das alles gewonnen?", fragte er mit einem Lächeln, um die geladene Atmosphäre zu entspannen.

„Mein Sohn, er spielt Fußball." Daneben hing das Hochzeitsbild der Albescus. Eine attraktive junge Frau, ein glückliches Paar voller Zuversicht. Er hielt sie lachend in den Armen. Wenn Gott Amor einen Pfeil verschoss, konnte das auch einmal blutig enden.

„Gab es Probleme in Ihrer Ehe?"

Sie nahm einen heftigen Zug und zog den Rauch tief in ihre Lungen.

„Auch das habe ich bei der Polizei schon gesagt. Ist es notwendig, dass wir das alles nochmals durchkauen?“

Mike klopfte ans Fenster. Er schien etwas Wichtiges entdeckt zu haben. Grigore verließ das Zimmer.

Lara beobachtete den Kommissar mit dem Schäfer durch ihr Zimmerfenster. Er stach mit einer dünnen Eisenstange Löcher in den Boden. Sofort begann der Hund dort zu schnüffeln. Er wollte möglicherweise verdächtige Geruchsspuren für den Hund freisetzen. Übelkeit kroch ihr langsam vom Magen hoch. Die werden doch nicht glauben, dass Vater dort irgendwo verscharrt lag?

Lara ahnte, worüber nun im Wohnzimmer gesprochen wurde. Natürlich wusste der Kommissar von Mamas Freund. Die Polizei kannte den Tratsch und Klatsch in einem Ort, in dem fast jeder jeden kannte. Lara war auf Hinweise gestoßen, dass die Mutter ihren Vater mit einem Kollegen aus der Fabrik betrog. Sie hatte ihr Handy ausspioniert und mehrere verstörende Textnachrichten gefunden. Die Anrufliste zeigte, dass sie oft mit einem Kontakt namens „Lorin“ sprach. Immer wieder hatte sie überlegt, ob sie mit Vater darüber reden sollte. Aber vielleicht wusste er ohnehin längst Bescheid.

Plötzlich hörte sie Schritte auf dem Dachboden. Jetzt schnüffelte der Hund dort oben herum. Das alles fühlte sich an wie ein böser Traum. Zuvor hatte sie gesehen, wie der Mann eine Hacke aus dem Geräteschuppen in ein Tuch gewickelt und zum Auto getragen hatte.

Wenig später beobachtete sie den Hund in Mamas Auto.

Er bellte, scharrte und kratzte. Sie stand so weit weg vom Fenster, dass man sie nicht sehen konnte. Die Nachbarn verfolgten das Geschehen mit wachsendem Interesse. Einige lauerten hinter zugezogenen Vorhängen. Jeder wusste, was hier ablief, schließlich war der Mann von Frau Albescu seit Tagen verschwunden. Wohnten sie am Ende Tür an Tür mit einer kaltblütigen Mörderin?

Der andere Kommissar kam nun aus dem Haus. Sein Kollege redete heftig auf ihn ein. Hatte er etwas entdeckt? Sie konnte nicht verstehen, was die beiden sprachen. Einer begann zu telefonieren.

Nach weiteren quälenden Minuten, die sich anfühlten wie eine Ewigkeit, tauchte plötzlich die Feuerwehr auf. Zwei Männer verlegten einen Schlauch, der zur Jauchegrube führte. Sie begannen, die Grube auszupumpen. Lara nahm die Dinge nur mehr wie in Trance wahr. Durch den Lärm waren nun auch Bewohner der entfernten Häuser aufmerksam geworden.

Nun wurde es für Lara schaurige Gewissheit: Ihre Mutter wurde von der Polizei verdächtigt, einen Mord begangen zu haben. Sie rannte die Treppen hinab und sah die Mutter entsetzt an. Ihr Blick sagte, was sie nicht aussprach:

„Was hast du getan?“

DIE VERWANDLUNG

Grigore saß in seinem Büro und grübelte. Die Suche nach der Leiche von Niclas Albescu in Bran war erfolglos verlaufen. Ihn plagten Bedenken, ob er sich vielleicht vorschnell auf eine mögliche Täterin eingeschossen hatte. Es war nicht das erste Mal, dass in einem Fall alles zusammenzupassen schien, die Tatsachen sich jedoch anders darstellten.

Auch der Staatsanwalt hatte einen begründeten Anfangsverdacht gesehen und die Hausdurchsuchung genehmigt. Die Ehefrau hatte ein Motiv und sich bei ihrer ersten Einvernahme in Widersprüche verwickelt.

Leichenspürhunde konnten Verwesungsgerüche auch auf dem Wasser wahrnehmen. Bei einer Jauchegrube, deren Gase auch für Menschen hoch gefährlich waren, hatten sie keine Chance. Drago hatte jedoch Witterung aufgenommen und eine Spur angezeigt, die zu dieser Grube führte. Es war eine Schleifspur, die Mike eindeutig nachweisen konnte. Es war also notwendig gewesen, die Jauchegrube unverzüglich auszupumpen. Das hatte in der Nachbarschaft beträchtliches Aufsehen erregt. Spurensicherer in ihren weißen Körperschutzanzügen wären aber auch nicht unbeachtet geblieben.

Grigore machte sich Vorwürfe, dass er sich von den Ermittlungen der Ortspolizei zu sehr hatte leiten lassen.

Er wusste, dass die Polizei auf dem Lande oft eng mit der ansässigen Bevölkerung verbunden war und sich manchmal als parteiisch erwies. Grigores Instinkt sagte ihm, dass die Frau höchstwahrscheinlich keine Mörderin war. Trotzdem wollte er keinen weiteren Fehler begehen. Am Morgen hatte er bei der Staatsanwaltschaft Antrag auf Telefonüberwachung und Online-Durchsuchung bei Mutter und Tochter gestellt, doch der zuständige Richter hatte nur die Mutter genehmigt. Schade, denn Grigore war überzeugt, dass dieses Mädchen etwas zu verbergen hatte.

Man musste nach einer Woche davon ausgehen, dass der Vermisste tot war. Ein Schwerbehinderter wie Albescu konnte nicht einfach untertauchen. „Keine Leiche, kein Tatbeweis", lautete eine eherne Kriminalistenregel. Grigore hatte in den letzten 30 Jahren 88 Morde aufgeklärt. In seinem aktuellen Fall waren nicht nur die Frau, sondern auch die Tochter in eine schwierige Situation geraten. Die Presse hatte die Mutter als Mörderin an den Pranger gestellt.

Er betrachtete das Bild seiner Tochter auf dem Schreibtisch. Evelina hatte eine große Ähnlichkeit mit Lara, dem Mädchen aus Bran. Sofort waren ihm ihre großen, ein wenig geheimnisvoll blickenden Augen aufgefallen. Vielleicht würde seine Tochter heute ebenso aussehen. Evelina war tot. Verunglückt vor zwei Jahren auf dem Stan-Gorge-Klettersteig in den Karpaten. Wenn sich keine weiteren Verdachtsmomente gegen die Frau ergaben, musste er mit Mike alles unternehmen, um Frau Albescu zu helfen. Grigore hatte auch schon einmal den Familien von Straftätern Essen, Kleidung und ein Dach über dem Kopf besorgt, solange die Männer im Gefängnis saßen.

Sein Kollege und er waren ein eingeschworenes Team. Mike hatte den Ruf eines Spürhundes, der nur schwer von einer Fährte wegzubekommen war. Seine bewährtesten Waffen waren Scharfsinn, Beharrlichkeit und Menschenkenntnis. Er hatte hellwache Augen, aschblondes Haar und war ein Draufgänger, der immer ein wenig nach Party und Abenteuer aussah. Grigore griff zum Telefonhörer.

„He Mike, komm rüber!“

„Alles klar, Boss!“

Er wollte mit seinem Kollegen die nächsten Schritte im Fall Albescu besprechen und hatte bereits eine Idee.

Seit Papas Unfall vertraute Lara ihre Sorgen ihrem Laptop an. Dieses Tagebuch war wie ein Geländer. Seite für Seite klammerte sie sich daran fest. Als sie gerade über die Ereignisse der letzten Tage schrieb, tauchte die Mutter in ihrem Zimmer auf.

„Du glaubst doch nicht etwa, dass ich Papa umgebracht habe?“

Lara schwieg. „Doch“, hätte sie gerne geantwortet. „Du hast ihn umgebracht. Langsam. Im Laufe der letzten Jahre. Jeden Tag ein bisschen.“

„Nein“, sagte sie stattdessen leise wie zu sich selbst. „Das glaube ich eigentlich nicht.“

„Dann ist es ja gut!“, sagte die Mutter und verschwand. Lara biss die Zähne zusammen. Einmal wollte sie der Mutter so richtig die Meinung sagen. Ihrer aufgestauten Wut freien Lauf lassen. Doch gegenüber der Mutter hatte sie immer nur zu gehorchen gelernt.

Wie ein Albtraum stürmten die Bilder der vergangenen Tage auf Lara ein. Das wurde in ihrem Eintrag vom 19. Oktober deutlich:

„Die Nachricht vom Polizeieinsatz bei den Albescus hat sich im Ort ausgebreitet wie Feuer auf verschüttetem Benzin. Oft habe ich das Gefühl, in eine Brandung geraten zu sein und von den Wellen unter Wasser gedrückt zu werden. Ich muss ab nun mit den schrägen Blicken leben, mit den Zischeleien an der Bushaltestelle. Nach den beiden Kriminalbeamten waren ein Fotograf und ein Mann von der Lokalzeitung aufgetaucht. Mehrere Journalisten haben angerufen, Mama hat mit keinem gesprochen. ‚Ehefrau unter Mordverdacht‘ lautete die Schlagzeile einer Zeitung.“

Lara wusste nicht, ob sie der Mutter nicht doch einen Mord zutraute. Sie konnte aggressiv und jähzornig sein, sie begann dann richtig zu beben. Laras Bruder Adrian nannte sie mitunter Mamba statt Mama. Black Mamba war eine der gefährlichsten Giftschlangen der Welt.

Jedenfalls käme ihr Papas Tod nicht ungelegen. Der Job in der Fabrik hatte sie verändert. Lara war es oft vorgekommen, als wollte sich die Mutter für eine Party schick machen und nicht für die Arbeit am Fließband. Sie hatte plötzlich enge Röcke probiert, reichlich Make-up aufgetragen, war herumgeschwirrt, hungrig nach Aufmerksamkeit und Bestätigung, als wollte sie wettmachen, was sie in jungen Jahren versäumt hatte. Mit jedem jungen Liebhaber versuchte sie, ihr Alter zu verdrängen. Lara war es gelungen, ihre Bewegungsdaten zu beobachten und sie über ihr Handy zu orten. Ihre digitale Spur führte zuletzt in ein kleines Hotel am östlichen Stadtrand von Brasov.

Für Lara war diese Ehe, in der mehr gestritten als gesprochen wurde, zunehmend zur Belastung geworden. Ein Paarlauf von Verzweifelten. Oft flogen Teller, Tassen, Türen knallten, dazwischen herrschte immerzu diese stumme, bedrohliche Spannung, die einem die Luft abschnürte.

Papa hatte sich in letzter Zeit sehr verändert. Lara las einen Eintrag, der ein halbes Jahr zurücklag:

„Sein Blick wirkt immer irgendwie müde. In seinem hageren Gesicht haben sich tiefe Furchen eingegraben. Er lacht nur noch selten, und wenn doch, so erinnert sein Lachen an die Grimassen, hinter denen sich Gebrochene oft verstecken. Er kämpft vergeblich dagegen an, dass eine unsichtbare Last seine Schultern niederdrückt. Es mag verrückt klingen, aber oft scheint es mir, als hätten irgendwelche dunklen Mächte von ihm Besitz ergriffen. Seinen Lebensekel ertränkt er in Alkohol. Gestern hat er davon gesprochen, dass das Leben für ihn nur noch schwer zu ertragen sei."

Doch hatte er tatsächlich sterben wollen? Lara wollte es nicht wahrhaben, dass sich ihr Papa so einfach aus ihrem Leben gestohlen hatte. Ihr Vater, der sie immer beschützen wollte. Kein Abschiedsbrief, keine erklärende Mail, nichts! Wann war das eigentlich, als in seinem Kopf dieser böse Sturm zu toben begonnen hatte?

Angefangen hatte es sicher nach seinem schweren Unfall im Schloss. Der große, kräftige Papa war plötzlich nur mehr ein körperliches Wrack gewesen. Ein Versehrter, der sich vor der Welt verkroch. Manchmal erzählte er von diesen Dämonen, die sich in seinem Kopf eingenistet hatten. Von diesem Gewirr von Stimmen, gegen die er sich nicht wehren konnte. Diese Quälgeister würden ihn zu verrückten Dingen auffordern. Der verdammte Job im „House of Horror“ hatte dann zu einer schleichenden Vergiftung seiner Seele geführt.

Ein plötzlicher Donnerschlag riss Lara aus ihren Gedanken. Über dem Tannenwald stand ein heftiges Gewitter, Wolken verdichteten sich zu einer dunklen Front. Es begann zu regnen. Manchmal hatte sie ihrem Vater Kuchen ins Horrorhaus gebracht. Einmal war sie gerade zurechtgekommen, als er sich mit diesem gellenden Schrei in seinem Sarg erhoben hatte. Es war ein grausamer Schrei, der in ihr dröhnte, widerhallte. Nur sie konnte ihn jetzt hören, hier an diesem Schreibtisch. Sie fand es schrecklich, dass sich ihr Vater für diesen entwürdigenden Dracula-Job hergab. Peinlich außerdem, dass ihre ganze Schule Bescheid wusste. Es gab ja diesen blöden Videoclip mit Papa im Sarg. Aber wenigstens sagte nun niemand mehr „Vampirmädchen“ zu ihr.

Lara trat ans Fenster. Irgendwo da draußen war er jetzt,

sie fühlte es. Ein geliebter Mensch, der so fest zu ihrem Leben gehörte, verschwunden, unerreichbar – tot? Inzwischen waren acht Tage vergangen. Musste man da nicht das Schlimmste annehmen? Nach einer alten Volkssage gab das Wasser des Turcul die Leichen von Ertrunkenen nicht mehr frei. War für sie nicht einmal ein Ort zum Trauern vorgesehen?

Sie schrie ihre Angst in die Blitze hinein, in das Krachen des Donners, in das Geprassel des Regens.

Niclas wusste nicht, wo er sich befand. Er stand mitten auf einem Feld und es war stockdunkel. Wie war er bloß hierher gekommen? Das letzte, an das er sich erinnern konnte, war dieser Fluss und das Leuchten des Vollmonds. Plötzlich bemerkte er, dass er keine Krücken in Händen hielt. Er bückte sich, suchte, doch er konnte sie nicht finden. Er machte einige vorsichtige Schritte vorwärts, zur Seite. Wie war es möglich, dass er ohne Krücken gehen konnte?

Was war geschehen? Er musste sofort seine Tochter anrufen. Sie würde sich gewiss große Sorgen um ihn machen. Doch sein Handy war verschwunden, ebenso die Brieftasche. Erst jetzt fiel ihm auf, dass es regnete und seine Kleider völlig durchnässt waren.

Dort vorne brannte schwaches, gelbliches Licht. Die Menschen würden ihm sicher helfen. Er musste bloß noch diese Straße überqueren. Ein Fahrzeug näherte sich, die Scheinwerfer blendeten ihn. Er wollte zur Seite gehen, doch eine geheimnisvolle Kraft hielt ihn mitten auf der Fahrbahn fest. Niclas hörte das wilde Gehupe, riss die Arme hoch, um das Licht abzuwehren. Er wand sich, konnte sich aber nicht aus dem Lichtkegel befreien. Bremsen kreischten, einen Moment lang dachte er, der Fahrer würde noch rechtzeitig anhalten können, da krachte es und er wurde mit großer Wucht zur Seite geschleudert. Ein schwerer Sattelschlepper kam auf der nassen Fahrbahn schlitternd zum Stehen.

Niclas richtete sich im Straßengraben auf, fasste sich an den Kopf, an die Schultern, tastete über den Brustkorb. Gebrochen war nichts, er fühlte auch keine Schmerzen. Nur seine Augen brannten höllisch. Verschwommen nahm er wahr, dass sich ein Mann über ihn beugte.

„Mann, sind Sie wahnsinnig?", brüllte er. „Wollen Sie sich umbringen?"

Niclas wusste nun, dass er offensichtlich unverwundbar war. Ein tolles Gefühl! Beim nächsten Mal muss ich mich vor Straßen in Acht nehmen, dachte er. Nach seinem Wutausbruch klang der Mann nun versöhnlich und sehr besorgt:

„Sind Sie verletzt? Ich rufe Rettung und Polizei." Er fingerte an seinem Mobiltelefon herum.

„Ich brauche keine Hilfe, es geht mir gut!"

„So wie Sie gegen mein Fahrzeug geprallt sind, müssen Sie sich ja sämtliche Knochen im Leib gebrochen haben." Der Mann starrte ihn an wie ein Gespenst.

„Sind Sie betrunken?"

„Betrunken? Nein."

„Ich bringe Sie jetzt ins nächste Krankenhaus."

„Nein, nicht notwendig. Ich sagte schon, dass es mir gut geht."

„Sie stehen unter Schock, da spürt man die Schmerzen nicht. Wenn Sie da draußen zusammenbrechen, komme ich ins Gefängnis. Fahrerflucht, kapieren Sie? Kommen Sie, ich helfe Ihnen in den Wagen."

Vor dem Einsteigen untersuchte er die Frontpartie der Fahrerkabine, konnte jedoch keine Spuren des Zusammenpralls feststellen. Der Motor heulte auf, das Schwerfahrzeug setzte sich in Bewegung.

„Was, zum Teufel, haben Sie hier mitten in der Nacht verloren?"

„Ich ... ich hatte eine Autopanne. Mein Wagen liegt im Straßengraben."

„Zuerst müssen Sie gründlich untersucht werden. Dann können Sie sich um Ihr Fahrzeug kümmern. Ich gebe Ihnen auch meinen Namen, Adresse und mein Kennzeichen."

„Das ist sehr freundlich, vielen Dank!"

Langsam begann sich der Fahrer zu beruhigen. Er hatte ein stoppelbärtiges Gesicht, einen dicken Bauch und war bis zum Hals tätowiert. Niclas sah nach der Zeit, kurz nach Mitternacht. 24. Oktober? Wie konnte das sein?

„Mann, haben Sie mir einen Schrecken eingejagt! Den Knall, mit dem Sie gegen mein Fahrzeug geprallt sind, werde ich wohl nie vergessen. Das hätte mir gerade noch gefehlt, wo ich doch ohnehin tief in der Scheiße stecke. Mein Chef, Schulden, nichts als Ärger. Wo wollten Sie eigentlich hin?"

„Nach Snagov."

Niclas wusste, wo diese Stadt lag, und kannte ihre große Bedeutung. Wieder waren es die Stimmen, die ihm etwas zugeflüstert hatten.

„Snagov? Da komme ich ohnehin vorbei. Dort gibt es auch ein Krankenhaus. Haben Sie dort Verwandte oder Freunde?"

„Einen Verwandten. Leider ist er schon lange tot."

„Dann können Sie ihn bloß auf dem Friedhof besuchen."

„Genau das habe ich vor."

Der Fahrer schien sich aus all dem keinen Reim machen zu können. Dieser Verwandte musste seinem Fahrgast wohl viel bedeuten.

„Wann ... ist denn dieser Verwandte verstorben?", fragte er zögernd.

„Vor etwa 500 Jahren."

Der Fahrer schwieg. Sicher hatte der Bedauernswerte eine Gehirnerschütterung abbekommen und redete nun wirr. Niclas horchte auf das Dröhnen des Dieselmotors und den Singsang der Räder. Sein Gesprächspartner gähnte einmal heftig:

„Manchmal glaube ich, dass das hier nie mehr endet."

„Was denn?"

„Diese Straße und der weiße Strich auf dem Asphalt. Ein verdammt einsamer Job, müssen Sie wissen."

„Hm, versteh ich."

Der Trucker erzählte von wochenlangen Touren – fern der Familie daheim. Von Stunden im Stau und einsamen

Nächten in der engen Fahrerkabine. Dazu der große Zeitdruck. Und das alles für wenig Lohn.

„Ich bin auf dem Rückweg nach Bukarest, habe in Deutschland Spielekonsolen und Flachbildschirme geladen. Straße steht für Weite, man bezahlt mit Einsamkeit. Aber wenn ich auf Achse bin, ist niemand mehr mein Boss."

„Hm, wenn Sie meinen."

Der Mann am Steuer rutschte unruhig hin und her, als hätte jemand eine Herdplatte unter seinem Sitz eingeschaltet. Irgendwie hatte man den Eindruck, dass er es nicht erwarten konnte, diesen merkwürdigen Passagier loszuwerden.

Niclas befiel eine plötzliche Übelkeit, in seinem Gesicht begann es auffällig zu zucken. Es war nicht der durchdringende Gestank nach Diesel, Schweiß und Schmieröl, der ihn benommen machte. Vom Rückspiegel baumelte ein Kreuz aus Silber.

„Ich notiere mir dann auch Ihre Daten. Sicher ist sicher", sagte der Fahrer.

„Wie Sie wollen."

Abwehrend streckte Niclas dem funkelnden Kreuz eine Hand entgegen und blickte nach unten.

„Wie geht es Ihnen?"

„Ein leichter Schwindel, sonst nichts."

„Halten Sie durch, Mann! Bald sind wir in Snagov."

Mike strahlte, als hätte er soeben den Kriminalfall des Jahrhunderts gelöst:

„Ich habe etwas über die Firma herausgefunden, in der Frau Albescu beschäftigt ist."

Grigores Assistent erzählte von der Chemiefabrik Colorom in Codlea, einem Ort in der Nähe von Brasov. Die traditionsreiche Firma war vor einem Jahrhundert vom deutschen Chemiekonzern I.G. Farben gegründet worden.

„Bei Colorom werden nicht nur harmlose Stoffe zum Bleichen von Textilien erzeugt. Die Frau und ihr Liebhaber kamen an Substanzen ran, mit denen man eine Leiche richtiggehend verschwinden lassen kann."

Es handelte sich um ätzende Chemikalien wie Batteriesäure, Natronlauge oder Fluorwasserstoffsäure. Einige wirkten so aggressiv, dass nur wenige Tropfen Verätzungen bis tief ins Gewebe der Haut verursachten und Knochen zersetzen konnten.

„Nur ein Krematorium kann eine Leiche ähnlich spurlos verschwinden lassen", meinte Mike und heischte um Anerkennung.

Grigore war beeindruckt. Vor etwa 15 Jahren hatte er in einem ähnlichen Mordfall mit einem Säurebottich ermittelt, daher wusste er um die vernichtende Kraft dieser Chemikalien.

„Aber bei Colorom gelten höchste Sicherheitsvorkehrungen. Schwer möglich, diese Substanzen unbemerkt aus dem Haus zu schaffen."

Das Firmenareal wurde mit einem Stacheldraht-Doppelzaun und Überwachungskameras wie eine Festung gesichert. Zwischen den Zäunen wachte Tag und Nacht eine Meute bissiger Hunde. Doch da der Freund von Frau Albescu in gehobener Position tätig war, hatte er möglicherweise Zugang zu den Chemikalien.

„Es gibt aber inzwischen einige Indizien, die die Frau und ihren Liebhaber entlasten“, meinte Grigore.

Das Pärchen musste wohl geahnt haben, dass es abgehört wurde, und vermied Telefonate und Textnachrichten. Mike hatte jedoch in Bran das Auto der Frau verwanzt. Ein fingernagelgroßer Sender im oberen Türrahmen übertrug einen heftigen Streit im Fahrzeug, der aber keinen Hinweis auf eine begangene Gewalttat lieferte.

Auch der Freund von Frau Albescu war von Mike einvernommen worden. Dieser hatte für die tatrelevante Zeit kein wasserdichtes Alibi, außerdem war sein Handy ausgeschaltet, wie eine Funkzellenabfrage ergab. Auch sein Auto war spurentechnisch untersucht worden. Warum hatte er in den Wochen davor nach Betäubungsmitteln und K.-o.-Tropfen gegoogelt? Warum hatte seine Geliebte mehrere Datensätze gelöscht? Kriminaltechniker konnten die Chats nicht mehr sichtbar machen. Mike vermutete „tatrelevante Kommunikation“.

Die Sache war dem Abteilungsleiter der Colorom-Fabrik unendlich peinlich, schließlich war er verheiratet und hatte drei Kinder. Eheprobleme waren Grigore nicht fremd. Seine Frau hatte sich voriges Jahr von ihm getrennt. Das Zusammenleben mit einem Mann, der sich ganz seinem Beruf verschrieben hatte, war ihr unerträglich geworden.

Mike hatte inzwischen auch im „House of Horror“

und in der Gaststätte, wo Albescu verkehrte, ermittelt. Die Kollegen im Gruselkabinett beschrieben ihn als einsame, wunderliche, grüblerische Existenz. Schon in der Früh habe er oft deutlich nach Alkohol gerochen. Sein Bier habe er an diesem Abend wie immer wortlos mit Handzeichen bestellt und das Lokal gegen 23.30 Uhr verlassen.

„Alle beschreiben ihn als kaputt, völlig am Ende", sagte Mike. Grigore hatte sich in die Vermisstenakte vertieft und versucht, sich der Person des Niclas Albescu anzunähern. Mike hatte den Tag rekonstruiert, an dem Niclas verschwunden war. Einige Zeugen gaben an, er sei vor seinem Unfall ein geachteter und sympathischer Mensch gewesen, freundlich und hilfsbereit. Aber diese Frau ...

Die Entlassung aus dem Schloss, wo er eine angesehene Stellung gehabt hatte, habe ihn schwer getroffen. „Was löst das in einem Menschen aus?", fragte Grigore. „Wut, Scham, Verzweiflung, Hoffnungslosigkeit?"

„Selbstmord?", fragte Mike. Es war scheinbar ein Leben, das genauso still und traurig zu Ende gegangen war, wie es zuletzt gewesen sein mochte. Die Ermittlungen im Fall Albescu hatten sich totgelaufen. Inzwischen war ein Teil des braunen, schlammigen Flusses ausgebaggert worden. Eine Wasserleiche wurde zumeist nach wenigen Tagen entdeckt. Bei der Leichenfäulnis entstanden Gase, die dem Körper Auftrieb verliehen.

„Die Ermittlungen werden beim derzeitigen Stand abgeschlossen", notierte Grigore.

Die beiden Kommissare standen vor einem Rätsel. Was war in der Nacht vom 14. auf den 15. Oktober tatsächlich geschehen?

DÄMONEN

Lara wollte sich nicht mit dem Gedanken abfinden, dass der Vater tot war. Die Frage nach dem Warum fraß sich quälend im Kopf fest. Da war ein immerwährendes Grübeln. Oft las sie im Bett seine alten SMS und blätterte in ihrem Bildspeicher. Sie suchte ihn. Lara vermisste vor allem seine Umarmungen und seine Stimme, die so sanft und weich klang. Man konnte sich in sie hüllen wie in eine warme Decke.

Noch immer gab es keine Nachricht, kein Lebenszeichen. Sie fürchtete jedes Läuten an der Haustür, jedes Klingeln des Telefons. Von ihrem Fenster aus konnte sie Papas geliebten Garten sehen, den sie nach seinem Unfall gehegt und gepflegt hatte. Lara wünschte ihm, dass er nun durch einen weit entfernten Garten voll Sonne und Licht gehen konnte. Vater war vielleicht aus dieser Welt – aber nicht aus ihrem Leben!

Die Kälte der Mutter war schwer zu ertragen. Sie machte einfach weiter, als wäre nichts geschehen. Sie zeigte keine Spur Mitleid – höchstens Selbstmitleid, weil die Polizei sie zu Unrecht verdächtigt hatte. Eigentlich sollte Lara an diesem Nachmittag für einen Geschichtstest lernen, doch sie konnte sich nicht auf ihre Arbeit konzentrieren. Die Mitschüler begriffen, dass sie unter großem Druck stand. Lehrer bemerkten, wie sie manchmal mit geschlossenen Augen in sich versunken war.

Lara war eine gute Schülerin. Im Sport so tüchtig wie in Mathe, dazu noch musikalisch. In der Fensterscheibe ihres Zimmers spiegelte sich das Gesicht eines Mädchens mit großen grünen Augen, die stets ein wenig erstaunt blickten. So, als müsste sich dieses Mädchen erst zurechtfinden in der Welt. Wenn sie die langen kastanienbraunen Haare offen trug, konnte sie richtig hübsch aussehen. Kein Wunder, dass die Burschen sie umschwärmten, weil sie sich von ihrer geheimnisvollen Aura angezogen fühlten. Lara aber gab sich zugeknöpft.

Leider blieben auch spöttische Bemerkungen nicht aus. Zoltan, der den verheerenden Ruf eines Schul-Clowns besaß, hatte grinsend gemeint: „He Lara, was geht ab bei euch? Zuerst verschwindet dein Bruder, dann dein Vater. Lebt ihr im Bermuda-Dreieck?“ Sie hätte Zoltan gerne gesagt, was für ein dämlicher Idiot er ist. Aber sie hatte alles still in sich hineingefressen, wie sie das immer tat.

Irgendwann empfand sie jeden Blick, jede Frage als Angriff. Sie versuchte, sich mit einem Panzer aus Unnahbarkeit zu schützen, doch immer mehr fühlte sie sich darin gefangen. Sie schrieb keine WhatsApp mehr, traf sich auch nicht mehr mit ihrer Clique. Sie verbrachte die meiste Zeit in ihrem Zimmer, allein und einsam und verschwiegen. Abwechslung boten allein ihre Zwerghasen. Wenn es das Wetter zuließ, spielte sie mit ihnen auf der Wiese.

Wie eine Sturmflut, plötzlich und ohne Vorwarnung, hatte das Unheil die Albescus aus ihrem gewohnten

Alltag gerissen. Die Ärzte hatten nach dem schweren Unfall des Vaters für die komplizierten Operationen Bestechungsgeld gefordert. Frau Albescu war nichts anderes übrig geblieben, als den geerbten Familienschmuck beim Trödler zu verramschen und eine Hypothek auf Hof und Grundbesitz aufzunehmen.

Für Lara war das Verschwinden ihres Bruders ein besonderes Unglück. Adrian lebte seit zwei Jahren irgendwo in Deutschland, vermied jeden Kontakt zur Familie.

Er war ein talentierter Fußballspieler und träumte von einer Karriere bei einem englischen Verein. So hoffte er, dem Elend seiner Heimat zu entfliehen. Sein Verhältnis zum Vater hatte sich zunehmend verschlechtert. Lara war immer „Papas Mädchen" – für den Bruder ein Grund zur Eifersucht.

Adrian hatte Mist gebaut und sich in Bukarest einer Gang angeschlossen. Die Jugendlichen kamen meist aus den Betonklötzen der Vorstädte. Ihr Alltag bestand aus Alkohol, Gewalt und Drogen-Deals. Besonders junge Mädchen, die glaubten, in der Hauptstadt schnelles Geld machen zu können, wurden aus ganz Rumänien hierher gelockt. Es waren kleine Schmetterlinge, die das Licht der Großstadt umtanzten und der verzehrenden Flamme fast immer zu nahe kamen.

Oft träumte Lara vom Meer. Sie war noch nie am Schwarzen Meer, obwohl es doch so nahe schien. „Vielleicht später", meinten die Eltern stets. Ihr einziger Trost war nun Kaspar, der Kater mit dem getigerten Fell und den weißen Pfoten. Merkwürdig war, dass Kaspar seit Papas Verschwinden oft scheinbar ohne Grund von einer plötzlichen Unruhe erfasst wurde. Die aufgestellten Haare am ganzen Körper waren ein untrügliches Zeichen für große Furcht. Ebenso der Buckel und die erweiterten Pupillen, die schrien: „Gefahr!" Genauso hatte Kaspar den Vater zuletzt wütend angefaucht und die Krallen gezeigt. War es möglich, dass er da war?

Durch die offenen Türen konnte sie die Lokalnachrichten auf Antena 1 hören. In Brasov hatte es eine Demonstration von Arbeitslosen gegeben. In einem Waisenhaus bei Sinaia waren Kinder misshandelt worden. Und bei Snagov war der Fahrer eines Sattelschleppers verunglückt.

Das Schwerfahrzeug 40 Kilometer nördlich der Hauptstadt Bukarest stellte sich für die Polizei zunächst als Routinefall dar. Der tödlich verunglückte Lenker – wahrscheinlich übermüdet, Sekundenschlaf. Er hatte die vorgeschriebenen Mindestruhezeiten nicht eingehalten und den Fahrtenschreiber manipuliert. Dazu passte auch, dass es am Unfallort keine Brems- oder Schleuderspuren gab. Die gerichtlich angeordnete Leichenschau brachte jedoch drei Tage später ein überraschendes Ergebnis: Mord!

Da sich im Vermisstenfall von Bran keine belastbaren Beweise, Indizien und somit keine neuen Ermittlungsansätze ergaben, sollten Grigore und Mike den Fall übernehmen. Viele sahen in dem ranghöchsten und erfahrenen Kriminalisten Lucian Grigore den tüchtigsten Ermittler des Landes. Seine Aufklärungsquote von 95 Prozent sprach für sich.

Um 10 Uhr war Konferenz. Mike hatte am Tatort bei Snagov ermittelt. Grigore rief sich in seinem Büro nochmals die bisher bekannten Fakten in Erinnerung. Laut Führerschein und Zulassungspapieren handelte es sich um einen rumänischen Staatsbürger, Fernfahrer bei einer Spedition in Bukarest. „Ein Raubmord ist auszuschließen", hielt Mike in seinem Bericht fest. Beim Toten fanden sich die Brieftasche mit einem hohen Bargeldbetrag und die Kreditkarte. Allerdings fehlte sein Handy. Nach Aussage seiner Frau hatte er öfters Anhalter mitgenommen.

Die Obduktion lieferte auch eine ungewöhnliche Erkenntnis: Die Leiche war völlig blutleer! Ein 90 Kilogramm schwerer Mann verfügte über ein Blutvolumen von etwa sieben Liter. Im Fahrzeug fanden Tatortexperten keinen einziger Blutstropfen.

Der überladene Sattelschlepper war eine Böschung hinabgerollt und in einem Graben zum Stehen gekommen. Daher hatte man das Fahrzeug erst in den Morgenstunden entdeckt. Aufgrund der Totenstarre konnte man von einem Todeszeitpunkt gegen Mitternacht ausgehen. Die tödliche Verletzung reichte von der Halsmitte bis zum Ohr, traf die Halsschlagader und war mit einem scharfen Gegenstand ausgeführt worden. Im Führerhaus fanden sich keine Kampfspuren, an der Leiche keine Abwehrverletzungen, Textilfasern oder fremde DNA.

Grigore öffnete das Fenster. Die frische Luft half gegen den aufkommenden Ekel.

Hatte er es mit einem irren Mörder zu tun, der das Blut seines Opfers für irgendwelche obskure Rituale, satanische Blutorgien oder okkulte Messen mit perversen Hohepriestern verwenden wollte? Auf dem Weg zum Konferenzraum traf er seinen Assistenten beim Kaffeeautomaten.

„Unglaubliche Geschichte, wer macht so was?"

„Das Beste kennst du noch nicht", antwortete Mike, wischte über sein Handy und zeigte Grigore eine SMS:

Donnerstag, 24. Okt. · 00:30

Ich bin der Fürst der Finsternis. Ich bin mächtig, ihr seid ohnmächtig. Es wird wieder geschehen. In fünf Tagen. Denn ich bin überall und nirgends!!!

24. Okt., 00:30 · SMS

„Standortdaten, Absender?", fragte Grigore.

„Die Nachricht kam vom Handy des Opfers. Abgeschickt in Snagov. Das Präsidium hat die SMS zunächst nicht mit dem Fall in Zusammenhang gebracht. Wir haben dadurch wertvolle Zeit verloren."

Grigore war sofort elektrisiert: „Diese Textnachricht darf auf keinen Fall an die Öffentlichkeit, das müssen wir in der Konferenz klarmachen."

„Verschlusssache, sehe ich auch so. Dieses Mobiltelefon war übrigens gleich nach dem Abschicken der SMS deaktiviert. Laut Aussage des Firmenchefs hatte der Lkw eine Dashcam, sie ist verschwunden."

Der Täter, möglicherweise ein Anhalter, musste die

Videokamera von der Windschutzscheibe entfernt haben, um eine mögliche Spur zu beseitigen.

„Wer immer er ist, er ist clever!“, brummte Grigore.

„Aber das sind wir auch.“

„Mike, du überprüfst als ersten Schritt alle Entlassungen aus psychiatrischen Anstalten. Auch Gewalttäter, die ihre Haftstrafe in den letzten Monaten abgebüßt haben und wieder frei herumlaufen.“

Der Fall präsentierte sich wirr wie ein schlecht aufgewickeltes Wollknäuel. Da draußen lief ein Mörder herum, der es auf das Blut seiner Opfer abgesehen hatte und Drohungen an die Polizei verschickte. Würde er tatsächlich wieder zuschlagen? Und wo?

Grigore wusste, dass ein guter Kriminalist niemals mit Emotionen an einen Fall herangehen sollte. Er musste Distanz halten – zum Opfer und zu seinen Gefühlen. Er konnte sich aber angesichts der Dreistigkeit dieser Tat kaum beherrschen:

„Mike, wir werden diesen perversen Schweinehund jagen. Tag und Nacht.“

„Und wir kriegen dich, Schweinehund!“, ergänzte Mike mit seinem breiten Grinsen.

Lara saß in ihrem Zimmer und las auf dem Laptop über den Mord bei Snagov. Der Fernfahrer hatte vier Kinder. Das ganze Land rätselte, ob dieses Scheusal das Blut seines Opfers getrunken hatte. Manche meinten sogar, ein Strigoi gehe im Land um – so hießen die Vampire in Rumänien.

Das war natürlich Unsinn, doch Lara musste plötzlich daran denken, was der Vater einmal im Spaß so vor sich hingesagt hatte: Er scheue das Licht wie ein Strigoi. Er hatte seine Arbeitstage im Horrorhaus in gedämpftem Licht verbracht und war bei Einbruch der Dunkelheit nach Hause zurückgekehrt. Daher war er das Tageslicht nicht mehr gewohnt gewesen. An freien Tagen hatte er ständig eine Sonnenbrille tragen müssen.

Immer mehr Dinge erschienen Lara plötzlich merkwürdig. Warum hatte Papa damals gezittert und gestöhnt, als sich die Mutter beim Öffnen einer Gemüsedose verletzt hatte? Er fühle, dass sich etwas in ihm verändere, hatte er gemeint, wie es allmählich Besitz von ihm ergreife. „Etwas geschieht mit mir, Lara. Ich habe Angst."

Es war, als ob er sich für eine verborgene Welt bereit machen wollte, die sich nach und nach vor ihm öffnete. Manchmal fühle er sich tatsächlich wie ein Untoter und könne schwer zwischen Schein und Wirklichkeit unterscheiden – so ungefähr hatte er sich ausgedrückt. Auch die schaurige Musik, das Blut und die Schreie im Horrorhaus bekomme er nicht mehr aus seinem Kopf.

Hatten seine Dämonen von ihm Besitz ergriffen? War er in den Bannkreis eines Monsters geraten? Lara spürte ein wachsendes Gefühl der Unruhe, während sie nachdachte. Aber sicher waren das alles nur Hirngespinste ...

Nervös zog sie abwechselnd an den Bändern ihres Kapuzenpullis. Sie griff nun nach jedem Teilchen, das ihr Puzzle zu vervollständigen versprach. Mit zittriger Hand gab sie in die Maske einer Suchmaschine ein: „Kann sich ein Mensch in einen Strigoi verwandeln?“

Mit angehaltenem Atem las sie die ersten Einträge: In Transsilvanien glaubte man daran, dass sich Selbstmörder in einer Vollmondnacht in Vampire verwandelten. Auch Ertrunkene und Opfer von Unfällen konnten nach wenigen Tagen zu Strigois werden. Das alles schien auf ihren Vater zuzutreffen. Sie erinnerte sich auch, wie unruhig sie in dieser Vollmondnacht geschlafen hatte, als der Vater verschwunden war.

„Die Verwandlung erfolgt am Vorabend des Festtags des Heiligen Andreas“, las sie weiter. Das war der 30. November. Genau an diesem Tag hatte Papa im Vorjahr seinen Unfall im Schloss gehabt. Der Selbstmord im Fluss musste dann der letzte Anstoß gewesen sein, endgültig zum Strigoi zu werden. Für einen Moment lang wünschte sich Lara, man möge Papa tot im Fluss finden.

Sofort drängte sich dieser Gedanke auf, er war wie ein schmerzender, schriller Ton im Kopf: Ich muss es diesem Kommissar sagen, wenn ich es nicht mache, wird es schon bald das nächste Opfer geben! Aber sollte sie tatsächlich den eigenen Vater der Polizei ausliefern? Einer Polizei, die ihre Familie verachtete, demütigte und schikanierte?

Sie trug nun eine Last, die sie nirgends ablegen konnte. Sie wusste, dass sie mit jedem Tag schwerer werden würde. Und sie konnte mit niemandem darüber reden, sich niemandem anvertrauen. Es war ein Geheimnis, mit dem sie sich völlig allein und überfordert fühlte. Jetzt hatte sie auch eine Erklärung dafür, warum die Katze den Vater zuletzt oft wütend angefaucht hatte.

Lara presste die Hände gegen die pochenden Schläfen. Sie hielt es plötzlich nicht mehr aus in ihrem Zimmer. Sie eilte die Treppen hinab und wollte sich eine Tasse heiße Schokolade machen. Das würde sie etwas ablenken. Die Mutter war noch in der Fabrik. Als Lara in der Küche Platz nahm, wurde ihr Blick plötzlich starr. Das Kreuz war verschwunden! Niemandem war es aufgefallen. Dunkle Ränder verrieten, wo das Kreuz an der Wand angebracht gewesen war. Papa hatte es wahrscheinlich schon vor einiger Zeit entfernt.

Aus den düsteren Gedankenspielen war Gewissheit geworden. Plötzlich lagen alle Teile des Puzzles an der richtigen Stelle und ergaben ein schauriges Bild: Mein Vater hat sich in ein Monster verwandelt! Sie spürte einen plötzlichen Schwindel, alles begann sich zu drehen und verschwamm vor ihren Augen. Sie glaubte, ihren Vater in einem schwankenden Boot zu sehen, das auf ein unbekanntes Meer hinaustrieb. Sie stand am Ufer und Papa ließ sie fassungslos zurück.

Die letzten Sonnenstrahlen verglühten am Horizont, das Tageslicht versickerte nach und nach, und die Schatten dehnten sich zur Nacht. Niclas erwachte in einer Felshöhle der Karpaten durch das Geflatter von Fledermäusen. In diesem tausend Kilometer langen Gebirgsbogen hatte das rumänische Volk schon in versunkener Zeit Schutz vor den blind wütenden Heeren der Barbaren gesucht. Er spürte, wie langsam wieder Leben in seinen tagsüber starren Körper kam. Zumeist verbrachte er die Tage in Hausruinen, schlief in Scheunen, Verschlägen oder Erdhöhlen. Nun wollte er wieder ausschwärmen, um Blut und Leben zu schmecken.

Er war noch immer tief beeindruckt von seinem Friedhofsbesuch in Snagov. Es war ein erhebendes Gefühl, vor einer Fürstengruft zu stehen. Dieses Grabmal gab bis heute große Rätsel auf. Als man die Gruft im Jahre 1931 geöffnet hatte, war sie leer gewesen. Keine Spur von den sterblichen Überresten Vlads III., der 1477 im heldenhaften Kampf gefallen war! Für viele der Beweis, dass der Fürst der Finsternis niemals getötet werden konnte. Er war unsterblich und irgendeine Macht im Verborgenen hatte Vlad dazu aufgerufen, aus seiner Gruft aufzusteigen.

Niclas war ein großer Verehrer dieses genialen Feldherrn und hatte mehrere Bücher über ihn gelesen. Als Hausmeister im Schloss Bran konnte er mitunter Touristen bei Führungen beobachten. Ein besonderer Moment war stets, wenn eine Gruppe beim großen Porträt des Fürsten angelangt war. Vlad wirkte auf schaurige Art lebendig, als könnte er jederzeit wieder auferstehen aus seinem Schattenreich der Ölfarben. Lange schwarze Haare, Schnauzbart, eine ausgeprägte Unterlippe, Adlernase und hervortretende Augen, von denen ein hypnotischer Blick auszugehen schien. Etwas Kaltes, Lauerndes lag in diesem stechenden Blick. Manche Besucher verharrten vor diesem Gemälde in einem tranceähnlichen Zustand.

Wenn er Reparaturarbeiten in diesem Raum vorgenommen hatte, war es ihm oft vorgekommen, als würden ihn diese Augen von der Leinwand herab durchdringend und zugleich warnend anstarrten. Er war dann für Sekunden wie angewurzelt dagestanden, festgehalten von einer geheimnisvollen Kraft.

Schloss Bran hatte einst als Schutz vor den Eroberungszügen der Türken gedient. Die Festung galt als uneinnehmbar. Heute wurde sie von Touristenmassen aus aller Herren Länder regelrecht gestürmt. Vor dem Schloss blühte das Geschäft um die Dracula-Legende. Statt Blut wurde hier Geld aus den Touristen gesaugt. Sie kauften Dracula-Stoffpuppen, T-Shirts, Postkarten, Teller, Tassen, Marzipan-Totenköpfe und messerscharfe Vampirzähne. Für die armen Bewohner Siebenbürgens eine willkommene Einnahmequelle. Viele Besucher waren trotz dieses Jahrmarktrummels beeindruckt. Doch wahrscheinlich hatte sich der Fürst hier nie aufgehalten. Das konnte aber der Begeisterung der Touristen keinen Abbruch tun.

Die Festung Bran, erbaut auf einem Kalksteinfelsen der Südkarpaten, hatte auch einiges zu bieten: Von den Schlossmauern war die Aussicht auf ein bewaldetes Tal und ein Gebirge überwältigend. Im Schloss sah man alte Waffen, antike Möbel, allerlei Kunstschätze, einen finsteren Geheimgang und Folterinstrumente für vermeintliche Hexen, Diebe und Verräter.

Als Haustechniker war Niclas für Strom, Wasser, Lüftung und Brandschutz zuständig. Die Elektroversorgung für 57 Räume war vor zwei Jahren komplett erneuert worden. Zusätzliche Schächte waren notwendig geworden. Immerhin hatte das Schloss fast 700 Jahre auf dem Buckel. Er hatte Trassen und Rohre verlegen und Kabel in den Versorgungsschächten entwirren müssen. Einmal hatte er einen Schacht vom Keller hoch durch vier Decken gestemmt und sich durch all die Nischen, Vorsprünge und Hindernisse gekämpft.

Bei dieser Knochenarbeit war es im November des Vorjahrs zu diesem schweren Unfall gekommen: Bei der Erweiterung eines Schachts waren Deckenteile des ehemaligen Pulverturms auf seine Beine gestürzt. Im Krankenhaus hatten sie ihm ein Bein amputieren wollen, es dann aber doch drangelassen, weil er bereit gewesen war, zusätzliches Schmiergeld zu zahlen. Monatelange Behandlungen und Operationen waren gefolgt. Sie hatten Haut und Ersatzknochen aus der Hüfte verpflanzt, die am rechten Fuß anwachsen sollten.

Nach seinem Unfall war er rausgeschmissen worden: „Herr Albescu, wir haben keine Verwendung mehr für Sie“, hatte der Graf gemeint. Kein Wort des Dankes! Seine Frau, Adrian und Lara waren plötzlich unversorgt gewesen. Der Gedanke an Lara schmerzte ihn. Er konnte sie nicht anrufen. Die Polizei würde gewiss die Telefone von Mutter und Tochter überwachen.

Alles hatte an diesem 30. November begonnen, als dieser Sturm in seiner Welt zu wüten begann. Damals hatte er als Niclas Albescu aufgehört zu existieren und sich nach und nach in einen Strigoi verwandelt.

Langsam kehrte auch die Erinnerung zurück, was in jener Nacht nach dem Besuch der Gaststätte geschehen war. Auf dem Heimweg waren die Stimmen zu Peinigern geworden. Immer quälender, immer unnachgiebiger hatten sie ihn bedrängt. Plötzlich hatte er im Rauschen des Flusses ein Flüstern vernommen. Ein neues, großartiges Leben war ihm versprochen worden. Das Wasser hatte ihn mit unwiderstehlicher Kraft angezogen ...

Draußen war es nun stockdunkel. Plötzlich glaubte Niclas, warmes Blut zu riechen, süßlich, berauschend. So ähnlich musste der Fürst gefühlt haben, der sich beim Aufspießen seiner Feinde stets in einen wahren Blutrausch versetzt hatte. Es war ein unbeschreibliches Gefühl, wenn warmes, frisches Blut durch die Kehle rann. Es gab nichts Erregenderes als die Magie des Blutes, dieser sonderbaren, süchtig machenden Kraft. Blut war das Leben!

Prickelndes Jagdfieber, heftig und verzehrend, erfasste Niclas. Mit dem sicheren Instinkt des Raubtieres, das Witterung von der Beute aufnimmt, verschwand er in der Nacht. Er musste möglichst rasch töten, um sich wieder lebendig zu fühlen.

ZUM GREIFEN NAHE

Exakt fünf Tage nach dem Mord in Snagov hatte der Unbekannte seine Drohung wahr gemacht und wieder zugeschlagen. Diesmal in Targoviste, einem Ort, der Touristen in Scharen anzog. Dort standen die Ruinen des Alten Fürstenpalastes. Von hier aus hatte Vlad III. sechs Jahre lang regiert. Die Fremdenführer verwiesen stets auf die schaurige Tatsache, dass der Fürst hier im Rahmen eines Festes 100 Türken gepfählt hatte. Targoviste lag 90 Kilometer südlich von Bran und war die Hauptstadt von Vlads Herrschaftsgebiet, des Fürstentums Walachei.

Das Opfer war ein Angestellter des Nationaldenkmals, der sich an diesem Abend gegen 19.30 Uhr allein in seinem Büro aufgehalten hatte, um die Tagesabrechnung zu machen. Jetzt lag der 47 Jahre alte Mann auf Seziertisch Nummer drei des unterirdischen Sektionssaals der Pathologie in Brasov. An seiner großen Zehe ein Schild mit seinem Namen und der Nummer D 107/21. „Körper von durchschnittlicher Statur. Tod nach Durchtrennung der Arteria carotis und hochgradigem Blutverlust. Exsanguination", lautete der Befund, abgefasst in der kalten, gnadenlosen Sprache des Rechtsmediziners.

Es sah aus, als hätte den Mann ein wildes Tier angefallen. Der Tod musste nach etwa einer Minute eingetreten sein. Die Details der Tat, die in der Öffentlichkeit

Abscheu und Ekel hervorriefen, waren für die Angehörigen schwer zu ertragen. Ein Raubmord konnte abermals ausgeschlossen werden. Aus dem offenen Tresor fehlte kein Geld. Der Täter hatte es allein auf das Blut seines Opfers abgesehen.

Wohl jeder Mensch fand den Gedanken abstoßend, Blut zu trinken. Doch Grigore las von merkwürdigen Menschen in manchen Ländern, die auf die belebende und verjüngende Wirkung des Blutes schwörten. So glaubten etwa 5 000 Anhänger einer Vampir-Sekte in den USA, sie müssten Blut trinken, um jung und gesund zu bleiben. Sie brachen in Blutbanken ein, um dort Blutkonserven zu stehlen, oder bezogen den Lebenssaft von anonymen Spendern im Darknet. In Europa hatte es immer wieder Serienmörder gegeben, die sich als Vampire ausgaben. Zumeist schwer gestörte Psychopathen, berauscht von der Macht und Leidenschaft des Vampirmythos.

Grigore dachte an den Fall Ion Rimaru, der als „Vampir von Bukarest" gestanden hatte, vom Blut seiner Opfer getrunken zu haben. Handelte es sich im aktuellen Fall um einen Nachahmungstäter des 1971 hingerichteten Serienmörders? Ion Rimaru war durch Tatortspuren und Zeugen überführt worden. In Targoviste gab es wie schon zuvor in Snagov keine Fußspuren, verwertbare DNA, Fingerabdrücke, Verdächtige – nichts! Es war, als hätte ein Geist das perfekte Verbrechen verübt.

„Einmal wird er nachlässig, einmal macht er Fehler", dachte Grigore. Alles eine Frage der Zeit. Doch Zeit war genau das, was er nicht hatte. Denn die neueste Nachricht, geschrieben mit dem Handy des Opfers, lautete:

Freitag, 29. Okt. · 20:13

Ich bin der Fürst der Finsternis. Ihr hört wieder von mir. In vier Tagen. Ihr werdet mich nicht kriegen. Denn ich bin überall und nirgends!!!

29. Okt., 20:13 · SMS

Die Kaltblütigkeit der Tat und die neuerliche Drohung irritierten selbst einen Routinier wie Grigore: „Er spielt ein Spiel mit uns, ein Machtspiel", sagte er zu Mike. Nun stand fest: Sie mussten einen Serientäter jagen, ein gesichtsloses Phantom des Abgründigen und Bösen.

Für die „Siebenbürgische Zeitung" war es das „spektakulärste Verbrechen der rumänischen Kriminalgeschichte". Das Tagblatt „Astazi" sprach von „Bluttaten, die den Rahmen des Vorstellbaren sprengen". Der Innenminister erklärte, die Aufklärung des Falles habe höchste Priorität. Grigore und Mike brauchten Verstärkung. Aus dem Präsidium erhielten sie den Auftrag, den Täter mithilfe einer Sonderkommission zu jagen. Kriminalhauptkommissar Lucian Grigore war ab heute Chefermittler und durfte ein Team von vierzig erfahrenen Kriminalisten zusammenstellen. Die Soko sollte den zahlreichen Hinweisen aus der Bevölkerung nachgehen, die täglich über eine neu eingerichtete Hotline eintrafen.

„Allmählich fügen sich einige Einzelheiten zu einem

Mosaik zusammen, aber uns fehlen so ziemlich alle Steine", sagte Grigore.

Mike stimmte zu: „Wir sind zumindest einige Schritte weiter. Er hat schon viel über sich verraten. Er sucht Ziele, die ihm Aufmerksamkeit garantieren. Er sieht sich als Fürst der Finsternis. Der Mann ist entweder so irre, dass er das selber glaubt, oder er schlüpft in die Rolle des Fürsten, um größtmögliche Aufmerksamkeit zu erzielen. Er genießt es, uns Rätsel aufzugeben."

Grigore nickte anerkennend. Mit jedem neuen Tötungsdelikt gaben Serientäter ein Stück von sich preis, was ihre Enttarnung wahrscheinlicher machte. Grigore wusste nun auch, dass der Gesuchte Rechtshänder war, denn beide Schnitte waren von rechts nach links geführt worden.

Laut seinen Textnachrichten, quasi seinen „Visitenkarten", hielt er sich für unantastbar, gerissen, der Polizei weit überlegen. Er war ein Ritualmörder, der seine Zufallsopfer nach vorgegebenen Regeln und Abläufen tötete, also nicht im Affekt oder aus Rache.

„Es muss etwas geben, das wir übersehen – oder noch nicht sehen können", sagte Mike.

„Stimmt. Wir können uns derzeit nur an die Fakten halten. Wir haben zwei Tatorte, Snagov und Targoviste. Beide Plätze haben im Leben des Fürsten eine wichtige Rolle gespielt. Ich habe eine Theorie ..."

„Glaubst du etwa, dass er die Serie in Bran begonnen hat?", unterbrach Mike. „Dass vielleicht Albescu das erste Opfer des Irren ist?"

„Genau, eine Theorie, mehr nicht. Er hat Albescu ermordet und in den Fluss geworfen. Jedenfalls erscheint es logisch, dass er die Mordserie in Bran begonnen hat. Schließlich waren Vlad und unser Schloss Vorbild für den Dracula-Roman."

Tatsächlich glich Bram Stokers Roman-Schloss dem von Bran in vielen Details. Der Autor aus Irland war nie in Rumänien gewesen, hatte aber vor über hundert Jahren in Bibliotheken recherchiert und zahlreiche alte Bilder des Schlosses gefunden.

„Ich glaube, dass er als Nächstes in Sighisoara zuschlagen wird", sagte Grigore.

„Sighisoara, wieso?"

„Ganz einfach, das ist der Geburtsort unseres Fürsten."

„Wusste ich nicht."

Grigore hatte nächtelang im Internet geforscht, um mehr über das Leben von Vlad III. in Erfahrung zu bringen. „Noch etwas spricht für diese Stadt als nächsten Tatort." Er drückte einige Tasten seines Computers, auf der Videowall erschien eine Karte des Karpatenstaates. Grigore griff zum Laserpointer.

„Snagov, Targoviste, Bran und Sighisoara kannst du mit einer nahezu geraden Linie von Süden nach Norden verbinden. Der Mörder geht planmäßig, methodisch und zielgerichtet vor. Der Haken an dieser Theorie ist natürlich, dass es viele Orte gibt, die im Leben des Fürsten von Bedeutung waren."

Mike gefiel die Sache nicht. „Aber es ist mehr als riskant, dort eine Hundertschaft von Zivilfahndern aufmarschieren zu lassen. Wenn er an diesem Abend woanders zuschlägt, sind wir blamiert und die Presse fällt über uns her."

„Du hast recht. Ich muss mir etwas einfallen lassen. Es bleiben ja noch vier Tage."

„Lara, setz dich, ich muss mit dir reden!"

Wusste die Mutter etwas von Papa? Ahnte auch sie etwas von seiner neuen Existenz?

„Ich bin ab heute nicht mehr in der Fabrik. Sie haben mich einfach rausgeschmissen!"

Mit bitterer Miene beklagte sie, die Kündigung soeben per E-Mail erhalten zu haben. Ein Grund war nicht genannt worden. Sie stöhnte einmal kurz auf und fügte hinzu: „Jedenfalls haben wir nun nichts mehr, wovon wir leben können."

„Wenigstens brauchst du jetzt kein Geld mehr für Nagellack, Make-up und deinen Friseur. Du musst dich für niemanden mehr schön machen."

Eigentlich rechnete Lara jetzt mit einer Ohrfeige, doch die Mutter wirkte plötzlich wie erstarrt und blickte sie mit offenem Mund fassungslos an. Sie hatte früher oft zugeschlagen. Als Anlass reichte manchmal schon ein Pullover am falschen Platz. Oft dachte Lara, sie hätte gerne einen einzigen Schlag zurückgegeben und in den ihre ganze Kindheit reingelegt.

„So sprichst du nicht mit deiner Mutter!", zischte sie. Lara sah, dass es in ihren Augen gefährlich aufblitzte.

„Du hast Papa gedemütigt, zermürbt und zerbrochen.

So eine wie dich hat er nicht verdient.“ Lara schrie es heraus, Tränen der Wut liefen über ihre Wangen. Ihr inniges Verhältnis zum Vater, seine „unnatürliche Vernarrtheit“ war der Mutter schon immer ein besonderer Dorn im Auge gewesen. Lara wusste selber nicht, was in sie gefahren war, woher ihr plötzlicher Mut herkam.

„Du schreist hier nicht mit mir!“ Die Stimme schnappte über, wurde schrill. „Ich habe in der Fabrik das Geld verdient, von dem wir drei gelebt haben. Mit dem Sarg-Job von Papa konnten wir gerade einmal Strom und Gas bezahlen. Das meiste hat er ohnehin versoffen.“

„Papa wollte nicht mehr leben. Du hast ihn so weit gebracht.“

„Blödsinn, er war schon lange krank und wir hatten kein Geld für den Nervenarzt. Er hatte Depressionen.“

„Die kommen nicht von ungefähr.“

„Den Job habe ich nur bekommen, weil mir ein Abteilungsleiter geholfen hat. Nach dem Unfall von Papa sind wir mit nichts dagestanden. Was sollte ich tun?“

„Jedenfalls nicht das, was du getan hast!“

Die Mutter zeigte sich schwer irritiert über Laras Gefühlsausbruch und ihre ungewohnte Selbstsicherheit. Sie wand sich, man konnte es ihr anmerken, wie schwer es ihr fiel, ein klärendes Wort auszusprechen:

„Die Sache ... mit diesem Mann ist jetzt vorbei. Ich wollte, dass du das weißt. Wegen der Polizei hat er Probleme in der Firma und mit seiner Familie bekommen. Er hat beim Chef darauf gedrängt, dass ich aus der Firma fliege.“

Ein langes, spannungsgeladenes Schweigen folgte.

Sollte die Mutter jetzt so etwas wie Mitleid erwarten? Lara war entschlossen, ihrem Blick standzuhalten.

„Ich weiß natürlich, dass du mir seit Monaten nachspionierst."

„Da braucht man nicht viel zu spionieren. Das weiß inzwischen ohnehin ganz Bran."

„Jedenfalls kannst du das jetzt bleiben lassen. Du solltest dich wieder ganz der Schule widmen. Ich weiß nicht, wie es weitergehen soll. Ich fürchte, dass sie uns noch den Strom abdrehen werden. Mit meinem ruinierten Ruf bekomme ich auch keinen neuen Job. Und solange es nicht feststeht, dass Papa tot ist, krieg ich auch keine Witwenpension."

„Das ist es auch, was du dir wünschst: Einen Beweis, dass er tot ist. Du möchtest, dass Papa tot vor dir liegt. Du möchtest vor dem Leichenbeschauer sagen: ‚Ja, das ist er, das ist mein Mann!' Dann hast du endlich erreicht, was du schon immer wolltest."

Die Mutter sprang auf und ging gehetzt auf und ab. „Du verstehst nichts, du verstehst überhaupt nichts. Ich will bloß, dass diese verdammte Ungewissheit ein Ende hat."

„Man wird ihn nie finden, das solltest du wissen!"

Lara sagte es mit einem überlegenen Ausdruck im Gesicht. Schließlich wusste nur sie allein, wie das Dunkel in Papas Seele gekommen war. Seine Taten waren bestialisch, doch konnte man ihn verurteilen? War er nicht zum willenlosen Werkzeug dunkler Mächte geworden? Die Mutter sah sie verwirrt an.

„Wie meinst du das?"

„Papa ist lange genug in einem Sarg gelegen. Das werden wir beide nicht mehr erleben, dass er dort endet."

„Er kann sich nicht in Luft aufgelöst haben."

Die Mutter schwieg. Sie stand am Fenster und blickte in den Himmel über Bran. Schwere, schiefergraue Wolken hingen wie graue Schleier über dem Wald. Da lag plötzlich ein Schatten auf ihrem Gesicht, der sie unendlich müde aussehen ließ. Als ihr Blick wieder auf Lara fiel, umspielte ein eigenwilliges kleines Lächeln die Mundwinkel der Tochter.

„Papa ist überall und nirgends!"

Niclas konnte es kaum erwarten, sein heutiges Ziel zu erreichen. Es sollte eine Reise in die Vergangenheit werden. Zurück zu den Wurzeln, dorthin, wo alles begonnen hatte. An seinen Geburtsort, die Plätze seiner Kindheit.

Er wusste, dass er sich in Sighisoara sofort heimisch fühlen würde. Auch in Targoviste hatte er Teile seines alten Palastes mit der Kapelle sofort wiedererkannt. Dabei war es zum Zusammenstoß mit diesem Aufseher gekommen. Man habe bereits geschlossen, außerdem sei es stockdunkel, hatte der Mann erklärt. Niclas' Einwand, es handle sich schließlich um seine ehemalige Fürstenresidenz, war beim Aufseher auf taube Ohren gestoßen. Ein nachtaktiver Vampir konnte sich schließlich nicht an offizielle Besuchszeiten halten.

Der Bart, der ihm in den letzten Tagen gewachsen war, hatte sein Aussehen stark verändert. Das war angesichts der vielen Kameras an belebten Orten sehr vorteilhaft.

Als er die Treppen zur Oberstadt hochstieg, summte er ein altes rumänisches Kinderlied vor sich hin, das ihm seine Mutter beigebracht hatte: „Am o casuta mica" – Ich habe ein kleines Haus. Endlich war er in der historischen Altstadt mit ihren malerisch verwinkelten Gassen angelangt. Sie trugen deutsche Namen und waren nur matt beleuchtet, das wenige Licht konnte ihm nichts anhaben. Die Oberstadt mit ihrem buckeligen Kopfsteinpflaster war für den Verkehr gesperrt. Die Stadtmauern mit den zahlreichen Wehrtürmen boten einen imposanten Anblick. Sie kündeten von Abwehrbereitschaft gegen die türkischen Invasoren.

Zu jeder Tages- und Nachtzeit waren hier Scharen von Touristen unterwegs. Alles ergiebige Blut-Lieferanten, sprudelnde Quellen! Niclas blickte sich auf dem Marktplatz um. An den Hauswänden reihte sich Souvenirstand an Souvenirstand.

„Hallo Chef, nur fünf Lei!"

Der Mann an der Ecke wollte ihm einen bemalten Wandteller mit dem Porträt des Fürsten und Schloss Bran aufschwatzen. Diese Schlawiner machten Geschäfte mit seinem Namen. Niclas wurde wieder einmal bewusst, dass sein Ruhm die Jahrhunderte überdauert hatte. Dort war das berühmte Haus mit dem Hirschgeweih. Weiter unten konnte er das Wahrzeichen der Stadt, das 700 Jahre alte Burgtor mit den bunten Dachschindeln, erkennen.

In der Mitte des Marktplatzes stand ein weiß geschminkter Mann im Dracula-Kostüm. Plötzlich riss ihn heftiges

Glockengeläute aus seinen Gedanken. Niclas blickte zur alten Kirchenburg auf dem Hügel, die zu einer Festung ausgebaut worden war. Er glaubte, sich an diesen Glockenklang erinnern zu können. Sein Vater, seine Mutter, seine ganze Kindheit wurden mit einem Schlag lebendig.

Dann, ein erhebender Augenblick: Er stand vor seinem Geburtshaus. Man konnte es an seinem Gesicht ablesen, dass er von dem Moment tief berührt war. Die Touristen fotografierten die Gedenktafel an dem gelben Gebäude. Vor dem Haus befand sich ein Verkaufsstand mit unzähligen Dracula-Figuren. Im ersten Stock dinierte die feine Gesellschaft im Restaurant Casa Vlad-Dracul. Die beliebteste Weinsorte hieß Dracula Merlot & Sauvignon.

Eine größere Reisegruppe näherte sich. Sie hatte die Tour „Dracula bei Nacht" gebucht. Der Mann an der Spitze trug eine lange Stange mit einem roten Wimpel. Niemand aus der Herde sollte im Getümmel verloren gehen.

„Wir stehen nun vor dem Geburtshaus von Fürst Vlad III., dem Pfähler. Seine Soldaten nannten ihn Dracul, was Teufel bedeutet."

Niclas lauschte interessiert, der Fremdenführer war ein kleiner Mann mit einer dröhnend lauten Stimme. „Der Fürst gilt als einer der grausamsten Herrscher des Mittelalters. Dieses Monster hat an einem einzigen Tag oft bis zu 1 000 Türken gepfählt und deren Blut getrunken."

Niclas wandte sich angewidert ab. Die Ausführungen dieses Mannes machten ihn wütend. Natürlich, der Fürst war ein Monster. Doch damals war ein Monster eben notwendig gewesen, um das Land zu verteidigen. Mit Gebeten und Fürbitten hätte man die Heimat nicht retten können. Das sollte dieser Idiot eigentlich wissen, wenn er nur einen Funken Ahnung von Geschichte hätte.

Am Burgplatz standen Menschen dicht gedrängt. Niclas konnte das pulsierende Blut in ihren Adern hören. Junge Paare turtelten im matten Licht der Laternen. Ein Mann kam auf Niclas zu.

„Jesus liebt dich!", sagte der Respekt einflößende Hüne und reichte ihm ein buntes Blatt mit einer frommen Botschaft.

„Multumesc!" Niclas steckte den Zettel ein.

„Oh, Sie sind Rumäne", lachte der Jesus-Verehrer. „Sieht man hier eher selten. Kommen Sie aus der Gegend?" Er hatte einen kleinen Stand mit dem Transparent CHRISTUS IST DER WEG errichtet.

„Nein, aber ich wollte schon immer einmal das Geburtshaus unseres Fürsten sehen. Er war der richtige Mann zur richtigen Zeit."

Niclas fand es angebracht, das verzerrte Geschichtsbild dieses widerlichen Fremdenführers zurechtzurücken. Augenblicklich verfinsterte sich der Ausdruck auf dem Gesicht seines Gesprächspartners.

„Na ja, viele sagen, er war ein brutaler Menschenschlächter und blutrünstiger Tyrann", stieß er verächtlich hervor.

„Er hat unseren christlichen Glauben gerettet!", entgegnete Niclas heftig. „Das sollten Sie eigentlich wissen, wenn Sie schon hier rumstehen und Zettel für unseren Heiland verteilen."

„Nun werden Sie doch nicht gleich grob!"

In Niclas' Gesicht begann es heftig zu zucken. „Ich kann es nicht leiden, wenn unser Nationalheiliger kritisiert wird." Er geriet so in Wut, dass mehrere Passanten die beiden Männer irritiert beobachteten. „Es ging damals schließlich darum, die muslimischen Invasoren abzuwehren. Ohne Vlad würde es die Kirche dort oben nicht geben und der Muezzin würde zum Gebet rufen."

„Da haben Sie sicher recht." Der Mann zeigte sich beeindruckt. Niclas genoss es, sein Geschichtswissen vor ihm auszubreiten: „Übrigens war auch der Pfähler ein gläubiger Christ. Er hat Klöster gegründet und für die Kirche gespendet. Unser Glaube hat auch meiner Familie und mir immer viel bedeutet."

Der Mann hatte eine Seite in Niclas angesprochen, die sein Innerstes tief berührte. Schon seine Eltern waren gläubige Christen gewesen. „Vlad wäre in der heutigen Welt mit ihren lasterhaften Auswüchsen ein großer Gewinn."

Niclas wandte sich zum Gehen. „Vielen Dank, dass du dich für unseren Glauben stark machst, Bruder."

„Der Herr begleite dich auf deinen Wegen!" Der Mann hielt ihm plötzlich ein Kreuz vors Gesicht. Das Silber funkelte in dem matten Licht und brannte in den Augen. Es war, als hätte ihn mitten in der Finsternis ein blendend heller Sonnenstrahl getroffen.

Niclas erstarrte, stieß einen wüsten Fluch aus und verschwand.

„Ganz schön schlau, der Trick mit dem Kreuz", dachte er. Und er war prompt darauf reingefallen, hatte sich nicht wehren können. Die Polizei war ihm also schon dicht auf den Fersen. Sie wussten bereits mehr über ihn, als er glaubte.

Kaum 50 Meter entfernt stand ein Mann in abgerissenen Kleidern, der rasch ein Sprechfunkgerät in seinem Mantel verschwinden ließ. Nun wusste Niclas endgültig Bescheid: eine Falle, eine plumpe Falle! Für wie dumm hielt ihn die Polizei eigentlich? Er musste von hier schnell verschwinden. Aus den Augenwinkeln sah er, dass der Bettler ihm folgte.

Niclas war beim barocken Stundturm angelangt. Ihm blieb keine Zeit, diese touristische Sehenswürdigkeit mit den Schießscharten und der Pechnase zu bestaunen. Die Gasse führte nun bergab zur Unterstadt. Wieder kam ihm eine Gruppe Touristen entgegen.

Wenige Augenblicke nach diesem Gespräch wurde Grigore bewusst, dass er dem Mörder gerade in die Augen gesehen hatte.

„Mike, der Typ mit dem Vollbart, der gleich kommt. Häng dich an ihn dran. Ich will wissen, was er tut. Das ist unser Mann."

„Was macht dich so sicher?"

„Erklär ich dir später!"

Irgendwie kam ihm sein Gesprächspartner auch bekannt vor. Er schien sich ausführlich mit der Biografie des Fürsten beschäftigt zu haben. Einen Moment lang bereute er, ihn nicht nach seinem Ausweis gefragt zu haben. Aber der Kerl lief ja nun Mike in die Arme. Leider hatte er die Kapuze weit in die Stirn gezogen, als wollte er sich darin verstecken. Die Bilder der zahlreichen Überwachungskameras, die hier überall angebracht waren, konnten vielleicht mehr Aufschluss geben.

„Verdammt, ich kann ihn nicht mehr sehen", sagte Mike. „Sollen wir eine Fahndung rausgeben? Zu zweit werden wir ihn nicht finden."

„Nein. Bis unsere Leute da sind, ist er längst über alle Berge."

„Aber uns bleiben nur mehr ein paar Stunden, wenn er es tatsächlich ist."

„Mike, dort unten ist die Europei-Straße mit dem Kokel-Fluss. Du suchst auf der anderen Seite, ich bleibe herüben. Achte auf dunkle Gassen, Durchgänge, Höfe und Parks. Waffe entsichern!"

„Alles klar, Boss."

Die entsetzte Reaktion des Mannes auf das Kreuz war doch wohl eindeutig. Grigore war, als hätte sich für einen Moment ein Fenster geöffnet, das den Blick freigab in eine bizarre Welt. So reagierten nur ...

„Ich spinne, ich träume", schoss es ihm durch den Kopf. Langsam begann er, an seinem Verstand zu zweifeln. In der Nähe der belebten Europei-Straße waren zahlreiche Restaurants und Bars. Nachtschwärmer schlenderten durch die Gassen. Sie redeten zu laut und lachten zu viel. Aus einem Cabrio wummerten Techno-Rhythmen. Drei Jugendliche kickten eine Aludose herum. Der Bärtige dort an der Ecke – nein, das war er nicht. Wie war es möglich, dass der zuverlässige Mike seine Zielperson verloren hatte? Besaß dieser Verbrecher am Ende doch übernatürliche Fähigkeiten?

Nach einer halben Stunde vergeblicher Suche machte Grigore erschöpft Halt. Plötzlich hörte er das penetrante Auf- und Abschwellen eines Martinshorns. Er wusste sofort, was das zu bedeuten hatte.

„Mike, er hat uns überlistet!“, brüllte er und rannte los.

Die heulenden Sirenen der Ambulanz- und Polizeiwagen bildeten eine unheimliche Geräuschkulisse. Die Einsatzfahrzeuge rasten mit flackernden Lichtern an den östlichen Stadtrand. Nach wenigen Minuten traf Grigore seinen Freund.

„Ich habe es vermasselt“, schrie Mike.

Vor einem Park waren Kollegen soeben damit beschäftigt, rot-weiße Absperrbänder zu errichten. Grigore sah den einzelnen Schuh auf dem Rasen liegen. Sein Handy läutete – der Polizeipräsident!

„Chefermittler, der Serientäter hat wieder zugeschlagen. Diesmal in Sighisoara.“

„Ich weiß“, stieß Grigore atemlos hervor. „Kollege Petran und ich ermitteln gerade am Tatort.“

„Was? Ich verstehe nicht...“

„Halt, Sie dürfen hier nicht durch!“, schrie der Polizist.

DER DRUCK STEIGT

Es klopfte an der Tür. Drei Männer traten ein. Lara erkannte sie sofort. Es waren die Männer, die ihr Vater getötet hatte. Sie konnte ihre grässlichen Wunden und das Blut an ihren Kleidern sehen. Die Männer bedrohten sie nicht. Sie standen einfach vor ihrem Bett und starrten sie an, vorwurfsvoll, anklagend ...

An dieser Stelle ihres Traumes war Lara heute Nacht mit einem Schrei hochgeschreckt. Nur langsam hatte sie sich beruhigen können. Du musst zur Polizei gehen, hämmerte es seither in ihrem Kopf. Immer wieder. Den ganzen Vormittag. In der Schule hatte sie sich kaum konzentrieren können.

An diesem Nachmittag las sie auf dem Laptop Berichte über die Mordserie. Sie dachte an die Familien der Toten, an ihre Trauer und den Schmerz. Ich werde den eigenen Vater nicht der Polizei ausliefern, war sie am Abend plötzlich überzeugt. Niemals! Er kann nichts dafür. Papa, den sie den „eiskalten Killer" nennen, ist in Wahrheit ein guter Mensch. Er hat sich das nicht ausgesucht. Mein Papa ist unschuldig. Eine höhere Gewalt, eine Fügung des Schicksals muss es so gewollt haben.

Sie dachte an die vielen schönen Erlebnisse, die sie mit Papa verbanden: eislaufen auf dem See, klettern, ein Biwak im Wald bauen und das Tannenharz riechen,

Pilze sammeln und Spuren lesen, blödeln, lachen und Gute-Nacht-Küsschen. Es waren Momente, die für immer blieben und die einen immer lächeln ließen. Auch später hatte sie seine starke Schulter stets an ihrer Seite gespürt. Im Gegensatz zur Mutter vertraute er ihr und bot die Möglichkeit, eigene Erfahrungen zu machen. Sicher hätte er auch nicht einmal bei grünen Haaren, Nasenringen und Zungenpiercings protestiert. Er zeigte Interesse für ihre Hobbys, ihre Musik. Kurz vor seinem Unfall hatten sie gemeinsam ein Konzert ihrer Lieblingsband in Bukarest besucht.

Je mehr dieser kleinen Lichter der Erinnerungen in ihrem Kopf aufblitzten, desto stärker wuchs Laras Überzeugung, immer zu ihrem Vater zu stehen. Vielleicht gab es für ihn doch noch Rettung. Gleichzeitig wuchs ihre Angst, dass die Bilder der toten Männer wieder mit aller Macht über sie hereinbrechen würden und sie nicht fähig wäre, sich dagegen zur Wehr zu setzen. Ihr Tagebuch war ein einziger Hilferuf, der ihre Verlorenheit offenbarte. Sie schrieb, wie ohnmächtig sie sich fühlte, wie sehr sie Nähe, Freundschaft, Wärme und Verständnis vermisste.

Vor dem Einschlafen zog Lara die Tuchent weit über den Kopf. So wie früher, als sie Angst vor Monstern hatte. Gestern hatte sie ihr Bett vom Fenster weggerückt, da sie den Anblick von Schloss Bran nicht mehr ertragen konnte. Mit der Mutter hatte sie zuletzt kaum ein Wort gesprochen. Sie lag fast den ganzen Tag apathisch herum und dämmerte vor sich hin. Sie verließ kaum mehr das

Haus und verrichtete gerade die notwendigsten Arbeiten. Nachts lümmelte sie Stunden vor dem Fernseher und rauchte ihre selbst gedrehten Zigaretten, weil sie keinen Schlaf fand. Am Morgen sah sie in ihrem Bademantel aus wie ein frisch geschlüpfter Geier.

Man hat sie als Mörderin angeprangert. Dann aus der Firma geschmissen. Das Ende der Affäre mit ihrem Lover traf sie wahrscheinlich nicht sonderlich. Den hatte sie ohnehin nur als Eintrittskarte in die Firma benutzt. Lara empfand keine Spur von Mitleid. Alles, was geschehen ist, hat sich die Mutter selber zuzuschreiben, war sie überzeugt.

Die Aussprache mit der Mutter ging ihr immer wieder durch den Kopf. Lara war selber über die Heftigkeit überrascht, mit der sie die Mutter attackiert hatte. Zum ersten Mal in ihrem Leben. Damit hatte die Mutter niemals gerechnet. Lara hatte zurückgeschlagen. Plötzlich musste sie an den Punching Ball im Zimmer ihres Bruders denken. Adrian hatte täglich auf ihn eingedroschen.

Lara schaltete den Computer aus und ging in Adrians Zimmer. Es war alles so, als wäre der Bruder gerade einmal kurz weggegangen. Seine Hanteln, das Laufband, der Punching Ball, der FC Liverpool-Schal und ein Poster von Lionel Messi.

Sie war immer so stolz gewesen, einen großen Bruder zu haben. Die Hanteln und Fitness-Geräte hatte Papa angefertigt. Adrians Trainingseinheiten, untermalt von heftigem Stöhnen und Schreien, hatten Lara oft genug genervt. Dazu seine Musik: „You'll Never Walk Alone", die

Hymne des FC Liverpool, und „Go West“ von den Village People. Dem Vater war es nicht gelungen, eine Brücke in Adrians Welt zu schlagen. Er hatte ihm prophezeit, er würde einmal in der Gosse enden. Diese Worte hatten ein Loch in Adrians Seele gebrannt.

Lara stemmte eine 10-Kilo-Hantel hoch, einen verrückten Moment lang war sie fest entschlossen, das Ding fallen zu lassen, um der Mutter einen Schreck einzujagen.

Dann versetzte sie den Punching Ball in Schwingungen. Plötzlich schlug sie mit der Faust so heftig zu, dass es sich anfühlte, als würde ein Stromstoß durch ihren Körper jagen. Endlich ließ Lara ein lange unterdrücktes Gefühl zu: ihre enorme Wut! Auf ihre Mutter, die Nachbarn, Wut auf falsche Freunde, die Polizei, Journalisten. Wut auf ihr ungerechtes Schicksal. Jetzt trommelte sie mit beiden Fäusten und zusammengebissenen Zähnen auf den Punching Ball ein. Das tat gut. Es erzeugte ein wohliges Gefühl und sie fühlte, wie sich die Wut langsam verflüchtigte. Es war doch tatsächlich so, dass sie bisher immer zurückgewichen war, eine Gefangene im Bunker ihrer Sprachlosigkeit.

Der Kater hatte längst die Flucht ergriffen. Lara keuchte, schnappte nach Luft und fühlte, wie ihr der Schweiß ausbrach. Sie wollte kämpfen, nicht verbittern. Es war der Moment in ihrem Leben, als Unsicherheit und Resignation in Trotz und Kraft umschlugen.

Das Mordopfer war ein Fremdenführer, der soeben eine Touristengruppe durch die historische Altstadt von Sighisoara geleitet hatte. Er war auf dem Heimweg gewesen, hatte seine letzte Tour „Dracula bei Nacht" beendet gehabt. Beim Durchqueren eines Parks war er in der Dunkelheit angefallen und in ein Gebüsch gezerrt worden. Ein Liebespärchen, das sich ebenfalls in diesem Park befunden hatte, verständigte Rettung und Polizei. Wieder war die Leiche völlig blutleer gewesen.

Es war der Blick des Sterbenden, der Grigore nicht mehr losließ. Der Mann hatte ihn aus weit aufgerissenen Augen voller Todesangst angestarrt. Dann war sein Kopf mit einem schwachen Röcheln jäh zur Seite gefallen. Er wusste, dass er diesen Blick niemals vergessen würde. Auch nicht das Knistern der Silberfolie, mit der die Leiche bedeckt worden war. Nun quälte er sich mit dem Selbstvorwurf, dass er die Tat nicht verhindern hatte können. Der meistgesuchte Mann des Landes war für ihn buchstäblich zum Greifen nahe gewesen.

Abermals traf im Präsidium eine inzwischen bekannte Nachricht ein. Diesmal in etwas abgeänderter Form. Geschrieben wie gewohnt mit dem Handy des Opfers:

Dienstag, 2. Nov. · 20:46

Grüße vom Fürsten der Finsternis.
Es wird wieder geschehen. In drei Tagen.
Ihr habt nicht die Kraft, es zu verhindern.
Denn bin überall und nirgends!!!

2. Nov, 20:46 · SMS

Der Verdächtige hatte auf Grigore zunächst wie ein harmloser, etwas verschrobener Rechthaber gewirkt.

Auffallend waren der lauernde Blick und das Zucken in seinem Gesicht, das wohl auch seine Opfer gesehen haben mussten. Seine Miene hatte sich nach und nach verändert. Zuletzt glaubte Grigore, den Ausdruck eines gefährlichen, gereizten Tieres zu erkennen. Der Mann kam wahrscheinlich aus ärmlichen Verhältnissen, denn seine Zähne waren braune, verfaulte Stümpfe. Viele Menschen in diesem Land konnten sich keinen Zahnarzt leisten. Bemerkenswert war, dass diesmal auch die Brieftasche des Opfers fehlte. Der Fremdenführer hätte noch am selben Abend mit seinem Chef etwa 300 Euro verrechnen sollen.

Grigore betrachtete das Silberkreuz auf seinem Schreibtisch. Warum hatte er sich zu diesem Test überhaupt entschlossen? Wohl weil er geahnt hatte, dass hier übernatürliche Kräfte im Spiel waren. Nie zuvor war er auf einen Täter getroffen, der nicht die geringste Spur hinterlassen hatte. Er wurde das Gefühl nicht los, einem großen Geheimnis einen Schritt näher gekommen zu sein.

Ganz Rumänien rätselte über den „Schlitzer", wie der Mörder inzwischen genannt wurde. Die Polizei, nun erheblich unter Erfolgszwang geraten, rief zu erhöhter Wachsamkeit auf. Mehr als 2 000 zusätzliche Beamte waren nun auf Streife. Bewaffnete Bürgerwehren patrouillierten durch Städte, weil sie die Polizei für unfähig hielten. Tränengassprays waren in ganz Rumänien ausverkauft.

Besonders auf dem Land hatte sich eine regelrechte Hysterie ausgebreitet. Bewohner malten Kreuze auf

Eingangstüren und hängten Knoblauchzöpfe vor Fenster und Tore. Viele Menschen in Rumänien hatten einen tief verwurzelten Aberglauben, dessen Rituale sie vor dem Unheil schützen sollten. Ein Strigoi fürchtete die Macht des Kreuzes und hatte eine Abscheu vor Knoblauch und Weihwasser, das wusste in Rumänien natürlich jedes Kind.

Leider waren die Bilder der Überwachungskameras in Sighisoara grobkörnig und unscharf. Ihre Technik entsprach nicht dem neuesten Standard. Der Verdächtige war nur schemenhaft zu erkennen. Außerdem waren die Aufnahmewinkel ungünstig. Dennoch wurden zwei Sequenzen aus einem Video immer wieder im Fernsehen gezeigt. Den Kopf des Täters markierte ein weißer Kreis. Polizeizeichner erstellten nach Angaben von Grigore und Mike ein Phantombild auf dem Computer. Man konnte zwischen 350 Mündern, 330 Nasen und fast 1 000 Augenpaaren wählen. Die meisten Zeugen erinnerten sich an die Augen. Die des Gesuchten waren leer und seltsam erloschen, man konnte darin keine Seele erkennen.

Der Fahndungsaufruf zeigte den mutmaßlichen Täter mit Vollbart, hagerem Gesicht, schmalen Augen, dünnen Lippen und leicht abstehenden Ohren. Zirka 1,80 Meter groß, um die fünfzig Jahre alt. Grigore hatte dem Mörder in die Augen gesehen. Dennoch war er mit dem Ergebnis nicht zufrieden. Der Mann hatte nur wenig von seinem Gesicht preisgegeben. Zahlreiche Personen meldeten sich bei der 24-Stunden-Hotline, die den Gesuchten gesehen haben wollten. Das Innenministerium versprach 10 000 Euro für Hinweise, die zur Ergreifung des Täters führten. Das entsprach zwei Jahresgehältern eines rumänischen Arbeiters.

Vor Beginn der Konferenz mit den Mitgliedern der Sonderkommission war Mike noch immer deprimiert, dass ihm der Mann entwischt war.

„Du weißt, dass ich bei einer Observation meine Zielperson noch nie aus den Augen verloren habe. Es war, als hätte sich der Typ plötzlich in Luft aufgelöst, als könnte er durch Wände gehen, ich weiß, es klingt verrückt."

Grigore schwieg. Er hatte die Stirn in tiefe Falten gelegt.

„Da ist noch etwas. Die Füße dieses Mannes haben den Boden nicht berührt. Ich war ja direkt hinter ihm."

„Was?"

„Er ging, aber er schien dabei zu schweben. Irgendetwas stimmt hier nicht."

„Das bildest du dir vielleicht nur ein. Es war dunkel."

An der Pinnwand des Konferenzraumes hingen Fotos, Notizen, Zeitabläufe, Wegskizzen und Landkarten zu den laufenden Ermittlungen. Mike zeigte auf das Phantombild.

„Du hast mir noch immer nicht erklärt, warum du ihn für unseren Mann hältst."

Grigore schwieg wie jemand, der die Wahrheit zu kennen glaubt, sie aber nicht auszusprechen wagt, weil man ihn für verrückt halten könnte.

„Wie ich schon gesagt habe, er wusste einiges über den Fürsten, hatte großes historisches Wissen, man könnte ihn als Experten bezeichnen."

Mikes rechter Mundwinkel hob sich ein klein wenig zu

einem spöttischen Grinsen: „Jeder, der nach Sighisoara kommt, weiß etwas über Vlad. Und deshalb lässt du halb Rumänien mit Plakaten zukleistern? Ausgerechnet mit dem dort? An diesem Abend waren in Sighisoara tausende Menschen unterwegs, du hast an deinem Christus-Stand etwa hundert Personen gecheckt, warum gerade er?"

Grigore konnte seinem Kollegen nicht erklären, was er sich vorerst selber nicht erklären konnte. Mikes Ungeduld wurde immer größer.

„He Lucian, ich kenn dich doch, du weißt doch was. Spuck es aus!"

„Nichts, eine Vermutung, nichts weiter."

„Okay, du bist der Boss. Ich möchte, dass du es mir sagst, weil wir Freunde sind!"

Grigore legte Mike eine Hand auf die Schulter und blickte ihm tief in die Augen.

„Ich sage es dir. Später. Gib mir etwas Zeit! Ich möchte nicht, dass die Ermittlungen in eine falsche Richtung laufen. Wir könnten womöglich nicht die richtigen Schlüsse ziehen."

Die Enttäuschung in Mikes Blick war nicht zu übersehen. Er verschränkte die Arme vor der Brust und reckte das Kinn hoch.

„Es geht nicht nur um mich, Lucian. Auch unsere Sonderermittler stellen sich Fragen. Die Soko wird langsam unruhig, im Krisenstab brodelt es."

Mike musterte ihn aus schmalen Augen, prüfte, ob er die Dringlichkeit seiner Worte verstanden hatte. Grigore wusste nun, dass auch sein Kollege an eine übernatürliche Erklärung zu glauben schien. Er musste dem grauenvollen Geheimnis auf die Spur kommen und diesen Wahnsinn stoppen. Es war ein Wettlauf mit der Zeit.

Ihm blieben nur mehr drei Tage ...

Lara traf sich wieder mit ihren Freunden. Die Zeit des Haderns, der Wut und Schwermut war vorbei. Die bösen Träume waren seltener geworden. Ewig konnte sie sich in ihrer dumpfen Schwermutshöhle nicht verstecken. Sie musste lernen, den Verlust zu akzeptieren.

Treffpunkt ihrer Clique war das Einkaufszentrum am Ortsrand von Bran. In einem Café gab es freies WLAN, doch dort musste man ein Getränk bestellen. Im Eingangsbereich des Lokals war das Funksignal fürs Surfen gerade noch stark genug. Ständig kauerten dort Kinder auf dem Boden. Sie drängten sich um diese Plätze wie Frierende um eine Feuerstelle. Der Inhaber des Cafés verjagte sie regelmäßig. Wenn er nicht da war, drückte die junge Kellnerin Livia ein Auge zu.

Alle waren sehr einfühlsam zu Lara, fragten wenig. Sie konnten nachvollziehen, wie sie sich fühlte. Natürlich wurde sie auch hier vom aktuellen Tagesgeschehen eingeholt:

„Der Drecksack gehört gelyncht!“, sagte Florentin mit Wut in der Stimme.

„Und wenn es doch ein Strigoi ist?“, fragte Marina.

Alle lachten, nur Lara blickte ernst in die Runde. Sie versuchte, den Tod des Fremdenführers zu verdrängen.

„Ich darf mich nicht kaputtmachen“, dachte sie. Lara hatte sich im Kopf einen Schutzschild gezimmert: Da draußen geschehen Dinge, die ich nicht beeinflussen kann. Papa ist unschuldig. Er kann sich gegen die unsichtbaren Mächte nicht wehren, die ihm ihren Willen aufzwingen.

Auf dem rissigen Betonboden vor der Café-Eingangstür konnte man mit Hilfe des Internets der harten Realität entfliehen. Viele kamen ohne Frühstück zur Schule.

Radu, dessen Vater gelegentlich als Erntehelfer in Deutschland arbeitete, meinte: „Ich habe keine Schulden gemacht, keinen Job vermasselt und nichts verbrochen. Trotzdem muss ich jeden Tag in den leeren Kühlschrank stieren.“ Ian und Mia waren sogenannte „Euro-Waisen“. Kinder, deren Mütter in Österreich als Pflegerinnen arbeiteten, um Euros zu verdienen. Dort bekamen sie viermal mehr als in ihrer Heimat. Manche dieser Kinder kamen in ein Heim, weil es keine Großeltern zur Betreuung gab.

Wenn Lara mit ihrer Freundin in Brasov war, taten sich die Verheißungen der Konsumwelt vor ihnen auf. Mitunter gingen sie in das bei Jugendlichen beliebte Café Domino, wo der Kellner freundlich blieb, wenn man ein Cola mit zwei Strohhalmen bestellte. Dort beobachteten sie Jugendliche in teuren Jeans, Shirts und Turnschuhen.

Laras Smartphone mit dem zerkratzten Display war das abgelegte Gerät der Mutter. In den Sommerferien hatte sie in einem Verlag für Unterrichtsmaterialien in Brasov ausgeholfen, Kartons gepackt, Kopiervorlagen sortiert und so ihren Handy-Vertrag finanzieren können.

Im Einkaufszentrum interessierte sich Lara vor allem für ein Thema, doch niemand sollte mitbekommen, worin sie sich vertiefte: Strigois.

Ihr Vater gehörte nun zu diesen Wiedergängern, die ihren Gräbern entstiegen, um zu den Lebenden zurückzukehren. Papa war verschwunden, doch er war wenigstens nicht tot. Sie fand es tröstlich, dass er lebte. Tief in ihrem Herzen hatte sie es auch immer gefühlt. Vielleicht würde er sich irgendwann besinnen und von seinen Taten ablassen. Es musste eine Rettung für ihn geben!

Der Vater sandte ihr versteckte Botschaften. Sie wusste, dass er sie besuchen würde. Sie wusste auch schon genau, wann.

Grigore blickte aus dem Fenster seines Büros auf den historischen Rathausplatz von Brasov, wo der Tag träge verstrich. Die Menschen da draußen waren aufgebracht, die Volksseele kochte und forderte die Todesstrafe – ausgerechnet in den „sozialen" Netzwerken. Das Böse ließ sich freilich durch Todesurteile nicht aus der Welt schaffen.

Ganz Rumänien sah bei diesem Echtzeit-Krimi mit wohligem Schauer zu. Live und in Farbe. Sensationsblätter schürten den Horror und brachten frisches Blut in ihre übliche Berichterstattung über Mord und Totschlag. Immerhin war es die größte Verbrecherjagd in der rumänischen Kriminalgeschichte. Auch im übrigen Europa sorgte sie für Schlagzeilen.

Die Mordserie bescherte Schloss Bran einen neuen

Besucherrekord. Zu Halloween durften Touristen dort die Nacht in Särgen verbringen – natürlich auf eigene Gefahr! Bloß hatte es vor zwei Wochen so viele Anmeldungen gegeben, dass man nicht genug Särge auftreiben konnte.

Das Phantombild brachte die Polizei keinen Schritt weiter. Dafür gerieten unzählige Männer mit Vollbart ins Visier der Polizei. Grigore kam sich vor wie der Hexenmeister, der verzweifelt nach einer Formel für den Zaubertrank sucht. Er musste sich bei seinen Ermittlungen auf Tatsachen stützen. Er wollte noch immer nicht an Übernatürliches glauben. Und erst recht nicht an Strigois. Aber es musste hier eine Macht im Verborgenen geben. Eine alte, niemals ruhende Macht.

Tatsächlich gab es in Rumänien, dem dunklen Herzen Europas, noch immer Menschen, die an Untote und Wiedergänger glaubten. Grigores Großvater hatte oft von alten Bräuchen in Transsilvanien erzählt. Vor allem in den Dörfern und Tälern gab es eine Fülle von Sitten und Traditionen. Damals wurden Leichen oft wieder aus der Erde gegraben, um zu prüfen, ob sie in Verwesung übergegangen waren. Manchmal fand man im Grab völlig unverweste Körper mit rosiger Haut und blutigen Mündern. Dies war der Beweis, dass sich der Tote in einen Strigoi verwandelt hatte. Dann durchstieß man seine Brust mit einem Holzpfahl. In manchen Klöstern Rumäniens fanden auch heute noch Teufelsaustreibungen statt. Menschen, von Satans Tyrannei gepeinigt, suchten bei Priestern Erlösung von ihrer dämonischen Besessenheit.

Grigore hatte in seiner Karriere als Kriminalist fast jede Gerichtsverhandlung von Mördern mitverfolgt, die durch seine Ermittlungen geschnappt worden waren. Denn wer das Böse bekämpfen und verstehen wollte, musste denken und fühlen können wie ein Mörder. Das Böse musste von dem gesuchten Serientäter Besitz ergriffen haben wie eine unheimliche, noch nie dagewesene Krankheit. Als Folge empfand er den unwiderstehlichen Drang, Blut zu trinken, das ihn wie eine Droge berauschte. Viele Rumänen beruhigte die Tatsache, dass die Opfer keine Bissverletzungen aufwiesen und sich nicht ihrerseits in Blutsauger verwandelten. Es konnte sich also nicht um einen wahrhaftigen Strigoi handeln.

Die Journalisten rätselten über Ort und Zeitpunkt des nächsten Anschlags. Auch nördlich von Sighisoara gab es Plätze, die man mit dem Fürsten Vlad in Verbindung bringen konnte. Doch Grigore war überzeugt, dass der psychopathische Killer seine Mordtour in westlicher Richtung fortsetzen würde. Infrage kam der Wald von Hoia-Baciu bei Klausenburg. Es gab einige Berichte, dass hier Menschen spurlos verschwunden seien. Viele waren überzeugt, dass dort ein Strigoi umging, möglicherweise der Fürst der Finsternis persönlich. Deshalb galt er als gruseligster Wald der Welt.

Eine weitere Möglichkeit war die Burg Corvin bei Hunedoara. Sie galt als „echte Burg Dracula“, denn der Fürst hatte dort nachweislich einige Jahre im Verlies geschmachtet. Sicher würde Corvin dem Irren mehr Aufmerksamkeit bieten als dieser Wald.

Ein Anruf von Mike, der gerade auswärts ermittelte, riss Grigore aus seinen Überlegungen: „Der Vermisstenfall von Bran steht möglicherweise vor der Aufklärung. In einem Waldstück bei Tohanu haben Arbeiter ein Bachbett von Ästen befreit und eine stark verweste Leiche gefunden. Es handelt sich vielleicht um Niclas Albescu. Allerdings sind keine Verletzungen im Halsbereich feststellbar. Er kommt als Opfer des Psycho nicht in Frage. Wir müssen auf den DNA-Abgleich warten."

„Danke Mike, falls es unser Mann aus Bran ist, brauchen wir möglichst rasch den Pathologie-Befund."

„Zufällig habe ich erfahren, dass Albescus Sarg-Job im Horrorhaus nicht nachbesetzt werden konnte. In der Kiste liegt jetzt eine auf Dracula geschminkte Schaufensterpuppe."

Mike ließ sein dröhnendes Gelächter hören. Grigore seufzte, ihm war nicht nach Lachen zumute.

„Gestern habe ich ein Kreuz auf deinem Schreibtisch gesehen. Erbittest du jetzt Hilfe von ganz oben?"

„Das ... das hat mit unserem Fall nichts zu tun."

„Übrigens, wie lange hast du nicht mehr geschlafen?"

„Wenn der Fall gelöst ist, bleibt Zeit genug dafür."

„Das kann aber zum Problem werden. In der Früh hast du wie ein Zombie ausgesehen. Nur Kaffee und Energydrinks bringen es nicht."

Grigore musste sofort an Lara denken. Er wünschte der Familie Kraft, um mit dem Geschehenen zurechtzukommen. Er betrachtete Evelinas Bild neben den Ermittlungsakten und er sah Lara. Grigore hatte sein einziges Kind stets vergöttert und wollte Evelina immer nur ein guter Vater sein. Er gab sich die Schuld an ihrem Unfalltod in den Karpaten. Lara musste unter der zerrütteten Ehe der Eltern gelitten haben. Wahrscheinlich hatte sich das Mädchen verstärkt dem Vater zugewandt. Albescu war 22 Jahre lang Hausmeister im Schloss, anschließend Dracula-Darsteller. Lara musste mehr über die näheren Umstände seines Todes wissen.

Einen flüchtigen Moment lang erschien ihm der Fall Albescu dringlicher als die Jagd nach dem Serienkiller.

DIE SCHWARZE BURG

Niclas stand vor einer defekten Straßenlaterne, die schwache Lichtblitze in die Dunkelheit sandte, und betrachtete ein Plakat. Unmöglich, das war nicht er! Das Phantombild hatte wenig Ähnlichkeit mit ihm.

Die ausgesetzte Belohnung von 10 000 Euro war natürlich viel zu gering für die Ergreifung eines Fürsten. Eine gewaltige Armee war gegen ihn ausgerückt. Seine stümperhaften Jäger hatten ein riesiges Schleppnetz über dem Land ausgeworfen, doch anstelle des dicken Karpfens förderten sie bloß alte Stiefel und rostige Eimer an die Oberfläche. Bei den unzähligen Kontrollen gingen der Polizei nur ein paar kleine Ganoven ins Netz. Sie würden ihn nie finden, nie fassen können! Auch amüsierten ihn die Unmengen von Knoblauch an den Fenstern und Türen. Diese Liliengewächse konnten ihm nichts anhaben. Er war eben kein typischer Strigoi, sondern die Wiedergeburt einer historischen Persönlichkeit.

Niclas verbrachte viel Zeit damit, über vergangene Heldentaten nachzudenken. Den Anstoß dazu hatte dieser unqualifizierte Fremdenführer mit seinem verzerrten Geschichtsbild gegeben. Ihn ärgerte vor allem, dass bei der Beurteilung seiner Person stets das Negative, das Brutale betont wurde, niemals die großen historischen Verdienste für eine türkenfreie Heimat. Niclas wollte

Gerechtigkeit! Er hatte schon damals gewusst, dass sein Name einst in die Geschichtsbücher Eingang finden würde. Doch seine damaligen Heldentaten waren heute kaum mehr bekannt. Als er sich zum Beispiel als Türke verkleidet Zugang zum feindlichen Lager der Osmanen verschafft hatte. Da er ihre Sprache fließend beherrschte, war es ihm gelungen, mehrere Gespräche über die Stärke und Kampftaktik des Gegners zu belauschen. Aus der folgenden Schlacht waren die walachischen Truppen unter seiner Führung als Sieger hervorgegangen.

Die Heere der Türken mit der gefürchteten Elitetruppe der Janitscharen waren ihm natürlich haushoch überlegen. Oft hatte er in großer Eile eine Armee aus Bauern und Hirten aus dem Boden stampfen müssen. Kämpfer ohne Erfahrung, schlecht bewaffnet, wenige Mann zu Pferde. Aber seine geniale Strategie hatte diesen Mangel stets wettmachen können. Es wurde heute auch kaum beachtet, dass er kein Kriegstreiber war. Die Osmanen wollten sein Land erobern – nicht umgekehrt!

Die Sache mit dem Pfählen, die ihm heute so oft angekreidet wurde, durfte man nicht so eng sehen. Sie war ebenfalls Teil seiner Strategie, psychologische Kriegsführung würde man heute sagen. Außerdem wurden in anderen Ländern des Abendlandes zur selben Zeit Menschen zu Tode gefoltert, gerädert, gevierteilt oder auf dem Scheiterhaufen verbrannt. Alles, um „Gottes Willen" Genüge zu tun. Im Übrigen hatte die Pfählerei ihren Ursprung im Reich der Osmanen.

Einmal war die feindliche Armee beim Anblick mehrerer tausend gepfählter und verwester Leichen an den Ufern der Donau vor Grauen und Entsetzen zurückgewichen. Manchmal waren ganze Heere geflüchtet, wenn sie bloß seinen Namen gehört hatten.

Niclas betrachtete sein damaliges Handeln auch heute noch für angemessen. Schließlich war seine Frau ein Opfer osmanischer Hinterlist und Tücke geworden. Seine große Liebe hatte sich damals auf der Burg Poenari aufgehalten. Durch eine List war es den Türken gelungen, ihr eine gefälschte Nachricht seines Todes zu überbringen. Seine Frau hatte daraufhin in tiefer Verzweiflung Selbstmord verübt und sich im Fluss Arges ertränkt, der seither „Fluss der Prinzessin" hieß.

Sultan Mehmed war es jedoch nicht gelungen, seine Moral zu brechen – im Gegenteil! Wenig später war eine türkische Delegation an seinem Hof in Targoviste eingetroffen, um mit ihm zu verhandeln. Er hatte alle 42 Gesandten sofort hinrichten lassen, ohne ein Wort mit ihnen gewechselt zu haben. Die Osmanen hatten ihn nie besiegen können. Das war letztendlich den hinterlistigen Bojaren, Adeligen aus dem eigenen Land, gelungen. Zuvor hatten sie seinen Bruder Mircea lebendig begraben. Schwer zu verkraften war der Umstand, dass diese Verräter seinen Kopf dem Sultan als Trophäe überbracht hatten.

Die Nacht neigte sich ihrem Ende zu. Niclas machte sich auf den Weg zu einer verfallenen Hausruine bei Simeria. Er hörte das Plätschern eines Flusses. Plötzlich fiel ihm ein, wie er Lara beigebracht hatte, Steine über das Wasser hüpfen zu lassen. Oder wie sie am Bach hinterm Haus einen Damm gebaut hatten. Wenn er an diese kleinen Momente des Glücks dachte, schossen ihm Tränen in die Augen.

In den letzten Tagen hatte er immer wieder an Lara gedacht. Es war Zeit, endlich wieder bei ihr zu sein. Schließlich waren schon drei Wochen vergangen, seit er sie zuletzt gesehen hatte.

Ihm wurde bewusst, was ihm stets das Wichtigste war in seinem Leben: Laras Hand in seiner zu halten, ihr Lächeln, wenn sie ihn sah. Das alles lag nun so weit zurück. Niclas konnte es nicht erwarten, sie wieder in die Arme zu schließen.

Ein DNA-Abgleich ergab, dass es sich bei dem Toten im Fluss nicht um Niclas Albescu handelte. Es war ein Bauer aus Tohanu, der vom Hochwasser in dieser Region überrascht worden war. Solange die Leiche Albescus unauffindbar war, wollte Grigore kein Treffen mit Lara.

An diesem Vormittag blätterte der leitende Ermittler in einem Gutachten der Chef-Profilerin der Abteilung „Operative Fallanalyse“. Die Psychologin Ludmila Lazar hatte sich intensiv mit der Mordserie in Transsilvanien auseinandergesetzt und Grigore schon in früheren Fällen mit ihren Expertisen unterstützt. Ihre Täterprofile hatten sich stets als Volltreffer erwiesen. Kaum jemand konnte tiefer in finstere Seelen blicken.

Grigore besprach mit Mike ihre wichtigsten Aussagen. Die ersten Seiten klangen sehr wissenschaftlich und schienen den beiden Ermittlern wenig hilfreich. Die

Sachverständige sprach von einer gespaltenen Persönlichkeit, die aus der „Eindimensionalität in unbekannte Welten" aufgebrochen ist. Welten, zu denen nur der Täter Zugang hat.

„Sie ist überzeugt, dass es sich um einen Ausgestoßenen handelt", sagte er zu Mike. „Er verfügt über ein beträchtliches Maß an Raffinesse und krimineller Energie. Jahrelange Erniedrigung haben sich in seinen bestialischen Taten entladen. Mit ihnen will er Aufsehen erregen. Er will gehört werden."

„Hm, genau das ist ihm auch gelungen", entgegnete Mike.

Dr. Ludmila Lazar versuchte, sich nach dem „Profiling"-Verfahren in Mörder und Psychopathen hineinzudenken. Sie wollte ihre schrille Gedankenwelt ergründen und erforschen, was sie so abgrundtief böse hat werden lassen.

„Er ist einer, der nicht wie ein Scheusal daherkommt, sondern wie der freundliche Nachbar von nebenan", zitierte Grigore.

„Großartig. Das habe ich schon auf der Polizeischule gelernt." Mike kritzelte gedankenverloren auf seinem Spiralblock herum. Die Fallanalytikerin beschrieb einen isoliert lebenden Menschen, getrieben von Größenfantasien. Sie sprach von schwerer seelischer Abartigkeit, von einem Mörder, der sich am Machtgefühl berauscht, die Polizei vor ein Rätsel zu stellen. „Hinter der Fassade der Allmacht verbirgt sich ein unsicherer Mensch, der einst eine große Kränkung erfahren hat", setzte Grigore fort.

„Um welche Kränkung könnte es sich handeln?"

„Er ist möglicherweise beruflich gescheitert. Und zwar nicht durch sein Verschulden. Das empfindet er als extrem ungerecht, wo er doch ein tüchtiger Arbeiter war. Er will sich rächen. Der Hass hat sich jahrelang in ihm aufgestaut."

„Lebt er allein? Hat er Familie?"

„Durch seinen sozialen Misserfolg hat er Probleme mit Beziehungen, fühlt sich wertlos, weil ihn andere als gescheiterte Existenz betrachten. Er liebt aber seine Kinder, kann ein zärtlicher Vater sein."

„Unsere Frau Doktor scheint eine Kristallkugel zu besitzen", spottete Mike. „Eine Hellseherin mit okkulten Fähigkeiten."

Grigore war nun beim wichtigsten Teil der Expertise angelangt: „Seine Seele ist gespalten. Er trennt den mordenden Psychopathen von seiner Person. Er gehört nicht zu ihm, ist ein anderer. Daher empfindet er keinen Funken Reue."

Nun platzte Mike der Kragen und es brach aus ihm heraus: „Das ist doch alles psychologischer Scheiß, was ist, wenn sich alles so verhält, wie ich vermute. Dass hier Kräfte am Werk sind, die für uns Menschen nicht begreifbar sind."

„Das musst du schon näher erklären!"

„Lucian, dieser ganze Psycho-Kram geht ins Leere, wenn hier übernatürliche Kräfte im Spiel sind."

„Soll ich bei der nächsten Pressekonferenz etwa sagen, dass der gesuchte Mörder ein Geist ist?", schrie Grigore.

„Mike, wir schulden den Angehörigen der Opfer Gerechtigkeit und die Lösung eines Rätsels. Man wird uns sofort feuern, wenn wir von Übersinnlichem sprechen. Die Öffentlichkeit erwartet von uns Fakten, nicht Gruselgeschichten."

„Kann es sein, dass dich dein berühmter Instinkt diesmal im Stich lässt?"

„Willst du mir jetzt erklären, wie ich meinen Job machen soll?"

Mike stieß einen verhaltenen Fluch aus. „Und wie soll es weitergehen?", presste er wütend zwischen den Zähnen hervor.

„Wir werden ihm am Sonntag bei der Burg Corvin eine Falle stellen. Diesmal mit vollem Einsatz und mit allen verfügbaren Kräften."

„Verdammt, ein Familientreffen! Meine Frau wird ..." Mike seufzte und verzog gequält das Gesicht. „Aber wenn du mich brauchst, bin ich natürlich dabei."

In der nun folgenden Konferenz sollten alle Details dieser Operation besprochen werden. Grigore lief die Zeit davon. Seit Tagen tappte er mit seinem Team nur hilflos durch den Nebel. Er wusste, dass die Spuren in einem Fall immer kälter wurden, je länger er sich hinzog.

Um möglichst wenig Aufsehen zu erregen, begaben sich die verdeckten Ermittler auf getrennten Wegen und zu unterschiedlichen Zeitpunkten zum Einsatzort. Grigore hatte mit seinem Team die Operation „Skorpion" präzise vorbereitet.

Von Brasov zur Burg Corvin waren es etwas mehr als zwei Stunden. Grigore war soeben in Sibiu angelangt und befand sich auf dem letzten Wegstück. Ein Pferdefuhrwerk, schwer beladen mit Kohle, wackelte vor ihm gemächlich dahin. In Siebenbürgen schien die Zeit stillzustehen. Man sah Hirten mit ihren Schafherden, Frauen, die am Bach Wäsche ausschwemmten. Im Frühjahr konnte man auf den Feldern Bauern beobachten, die sich mit ihrem Pflug abmühten.

Hier wurde deutlich, dass Rumänien ein bettelarmes Land war. Grigore beobachtete alte Leute, die auf Mülldeponien nach Metallresten und nach Verwertbarem stocherten. Bauernfamilien, deren ganzes Vermögen oft das einzige Kalb war, mussten meist ohne Strom in ihren Holzhäusern leben. Der Ortspfarrer brachte ab und zu Lebensmittel, sonst würden sie verhungern.

Das letzte Licht spiegelte sich in den tiefen Pfützen am Straßenrand. Plötzlich musste er jäh bremsen, da ein Bauer mit seiner Kuh über die Straße trottete. Der Einsatz sollte bei Einbruch der Dunkelheit beginnen. Jeder der 85 Zielfahnder des Mobilen Einsatzkommandos kannte seine Position. Operationsbasis war ein versteckt liegendes Forsthaus. Dort standen auch zwei Notärzte bereit. Ein Hubschrauber aus dem nahen Timisoara konnte das Einsatzgebiet innerhalb von zehn Minuten erreichen.

Grigore wollte den Ablauf der Operation „Skorpion" von der Burg Corvin aus überwachen und koordinieren. Von dort hatte man den besten Überblick. Alles war unter strengster Geheimhaltung geplant worden. Er wird hier auftauchen – davon war Grigore felsenfest überzeugt.

Als er in Hunedoara ankam, fegte der Wind dunkle Wolken über die Burg Corvin und die letzten Sonnenstrahlen ließen das Gestein, den Fluss Zlasti und die umliegenden Wälder rot und golden aufleuchten. Grigore glaubte ein altes Ölgemälde vor sich zu haben.

Das Stammschloss des Königs Matthias Corvinus thronte auf einem Kalkfelsen. Der Aufstieg war auf dem sumpfig-feuchten Boden beschwerlich. Bei jedem Schritt schmatzte Schlamm unter den Sohlen seiner Gummistiefel. Es roch nach Laub und feuchter Erde. Ein Reh brach aus einem Gebüsch und stürmte den Hang hinab. Plötzlich hielt Grigore jäh an. Bärenspuren! Eine frische Spur von einem ausgewachsenen Braunbären. Eine Bären-Attacke konnte den sorgfältig geplanten Einsatz gefährden.

Der Weg führte nun durch Gestrüpp und über kleine Lichtungen. Am Ende einer engen, felsigen Schlucht lag die Festung in düstere Schatten gehüllt. Sie hieß auch die Schwarze Burg, weil dort im Laufe der Jahrhunderte so oft Feuer ausgebrochen war, dass die Mauern tief geschwärzt blieben. Corvin wurde von etlichen muffigen Geheimgängen durchzogen.

Vlad III. war hier einst Gefangener von Matthias Corvinus. Einmal hatte der Fürst beim ungarischen König Schutz vor der drückenden Übermacht der Türken gesucht. Er war von Matthias Corvinus kurzerhand ins Burgverlies geworfen worden, da er in Vlad einen Konkurrenten gesehen hatte. Für Touristen zählte die Tatsache, dass Corvin zum Unterschied von Bran tatsächlich eine „Dracula-Burg" war.

Die Menschen in Hunedoara wussten manch Gruseliges über Corvin zu erzählen. Der Fürst der Finsternis würde mit einem wallenden schwarzen Umhang durch die Burg spuken und dabei einen eiskalten Luftzug verbreiten. Historisch verbürgt war jedoch die Geschichte von den drei türkischen Gefangenen, die hier 15 Jahre lang einen Brunnen schlagen mussten. Man hatte ihnen die Freiheit versprochen, sobald sie auf Wasser stoßen würden. Dieses Versprechen war von den Giauren, wie die Muslime die Ungläubigen nannten, niemals eingelöst worden. „Ihr habt nun Wasser, aber keine Gefühle", lautete die von den Türken hinterlassene Inschrift im Brunnen.

Die Dunkelheit senkte sich überraschend schnell über den Tannenwald. Schwarze Wolken wälzten sich über den Himmel. Grigore fand einen idealen Aussichtsplatz in unmittelbarer Nähe der Burgmauern. Er nahm den Spezialhelm mit dem montierten Wärmebild-Nachtsichtgerät aus dem Rucksack und blickte auf die Uhr. Es war nun Zeit, die Aktion „Skorpion" zu starten.

„Alpha an alle. Positionen eingenommen?"

Nach und nach trafen die Situationsberichte der Kollegen ein. Einige waren Stunden zuvor mit Trekkingrucksäcken bemüht unauffällig durch die Gegend gewandert, um das Einsatzgebiet zu erkunden. Präzisionsschützen eines Sondereinsatzkommandos lauerten mit Nachtsichtgeräten an strategisch wichtigen Punkten.

Die Nacht war ruhig, sternenklar. Der Wind sammelte sich in den Bäumen zu einem Wispern. Grigore lauschte, lauerte, wachte. Den Codenamen „Skorpion“ hatte Mike vorgeschlagen. Diese Spinnentiere galten als Einzelgänger und waren auch für Menschen gefährlich. Sie machten die Nacht zum Tag und fielen in der Dunkelheit über ihre Beute her. Bisher war dies nur dem Serienkiller gelungen. In dieser Nacht sollte es anders kommen.

Grigore wusste, dass dieser Fall niemals zu einem Cold Case werden durfte. Die Ermittlungsakten sollten niemals „mangels Täterermittlung“ in einem dicken Ordner mit Bildern blutverschmierter Leichen in einem Kellerarchiv verstauben.

„Alles ruhig auf Tango“, schnarrte es aus dem Funkgerät eines Kollegen. Die Worte gingen im Rauschen der Bäume fast unter. Grigore horchte die Mailbox ab, überflog die Schlagzeilen der Nachrichtenportale. Wieder ergossen sich Hohn und Spott über seine Sonderkommission. Er hatte sich längst an Beleidigungen, Drohungen und Hasskommentare über Twitter, Instagram und Facebook gewöhnt. Sie waren Ausdruck einer gesellschaftlichen Verrohung.

Angespannt, mit der Wachheit eines Fluglotsen, der eine Maschine zur Landung frei gibt, starrte Grigore in die Nacht. Unter der Schulter spürte er den leichten Druck seiner Pistole, die griffbereit im Holster saß. Er musste Acht geben, sich wach zu halten, und griff zu einem koffeinhaltigen Gesöff. Schließlich hatte er seit zehn Tagen kaum mehr geschlafen.

„He Mike, siehst du was?“

„Negativ. Zero unauffällig.“

Das gestörte Verhältnis zu Mike belastete Grigore. Schließlich verband ihn mit Mike eine jahrelange Freundschaft. Auch dessen Familie stand ihm nahe. Nach diesem Einsatz, der den erhofften Erfolg bringen sollte, würde es sicher eine klärende Aussprache geben.

Wetterleuchten blitzte über den Horizont. Grigore klammerte sich seit Tagen an eine Hoffung: Bei der Hälfte aller Mordfälle gab es einen oder mehrere Mitwisser. Täter, die schwere Verbrechen begingen, erzählten irgendwann davon. Möglich, dass sich der Mörder inzwischen jemandem anvertraut hatte. Vielleicht würde dieser Mitwisser irgendwann einen Hinweis geben. Aber wahrscheinlich ahnte in seinem Umfeld niemand etwas von seinem mörderischen Geheimnis, weil er ein perfektes Doppelleben führte.

Schwaches Sternenlicht ergoss sich über die Seitenflügel der Burg, und die Türme ragten nun wie stumme Wächter in das Dunkel empor. Von irgendwoher tönte Wolfsgeheul. Nach altem Volksglauben standen Wölfe mit dem Satan im Bunde und galten als Helfer der Vampire.

Er musste dann doch kurz eingenickt sein. Plötzlich wurde er aus seinem Dämmern gerissen.

„Bewegung auf Delta“, meldete ein Kollege.

Endlich, es ging los. Dann plötzlich – Schüsse! Vier, in rascher Folge. „Wir haben ihn“, war Grigores erster Gedanke. Er glaubte das Aufblitzen des Mündungsfeuers einer Pistole erkannt zu haben. Oder hatte jemand auf einen seiner Leute geschossen?

„An alle. Wer hat geschossen?“

Doch der Schütze meldete sich nicht. „Verdammt, etwas ist schiefgelaufen“, dachte Grigore. Etwa eine halbe Minute, eine gefühlte Ewigkeit, verstrich. Dann ging alles rasend schnell.

„Person nahe Schlucht“, meldete Delta.

„Blendgranaten zünden!“, befahl Grigore.

Mit ohrenbetäubendem Knall explodierte eine Granate nach der anderen und tauchte den Wald und die umliegenden Dörfer in blendend helles Licht.

„Fahr zur Hölle!“, schrie Grigore in die Kaskade von Detonationen. Dann war plötzlich Ruhe, Stille. Nur das Keuchen seines Atems und das aufgeregte Gezwitscher der Vögel.

DIE SPUR WIRD HEISS

Lara betrachtete das Bild des Kriminalbeamten. Kaum zu glauben, dass der Polizist mit dem Jungengesicht bereits 39 war. Er wirkte sympathisch, verheiratet, zwei Kinder. Er hatte viermal auf ihren Vater geschossen, ihn aber verfehlt. Einer der tüchtigsten Beamten des Landeskriminalamtes, mehrfach ausgezeichnet und befördert, Mitglied der Polizeihundestaffel. War das nicht der Mann mit dem Schäfer, der vor zwei Wochen im Haus herumgestöbert hatte?

Es war nicht sicher, ob er überleben würde. Ein Polizeischüler wurde als Held und Retter gefeiert. Er hatte mit einem Tuch gegen die Halsschlagader des Opfers gedrückt, um den Blutverlust zu begrenzen. Wieder fühlte sich Lara schuldig. Dieser Mann durfte nicht sterben! Sie wusste, dass sie das Bild auch nicht zu lange betrachten sollte. Sie hatte Angst, dass sich der Mann in ihre Träume stehlen würde.

Das wird nie aufhören, war Lara überzeugt. Er wird weiter und weiter morden. Aber er ist mein Vater! Er ist ebenso ein Opfer wie diese vier Männer. Er ist als Mensch verschwunden, weil ihn eine unbekannte Macht in ihren Bann gezogen und ausgelöscht hat. Er hatte nie eine Chance, sich gegen seine Dämonen zur Wehr zu setzen.

Papa war sich der Tatsache nicht bewusst, ein Monster zu sein. Das war ein anderer – nicht er, der liebevolle Papa. Er verhielt sich genauso, wie es Lara über die unheimlichen Geschöpfe der Nacht gelesen hatte: „Strigoi – ein Zustand, dessen sich diese Person nicht bewusst ist".

Vielleicht war es Zufall, dass das Opfer Polizist war, vielleicht auch nicht. Wie viele in diesem Land hasste Papa die Polizei. Erst vor wenigen Monaten hatten Zehntausende mit wütenden Sprechchören gegen die korrupte Ordnungsmacht dieses Landes demonstriert. Anlass war der Tod eines 15-jährigen Mädchens. Jasmina war entführt worden und hatte später ihrem Peiniger ein Handy entwenden können. Drei Mal hatte sie vergeblich die Polizei gerufen. Diese hatte nicht auf den Notruf reagiert und 19 Stunden verstreichen lassen. Als die Beamten schließlich eingetroffen waren, war Jasmina tot. „Lara, das hättest auch du sein können", hatte Papa wütend gemeint.

An diesem Abend drosch Lara mit Händen und Füßen auf den Punching Ball ein, während ihr Tränen der Ohnmacht über die Wangen liefen. Doch sie konnte ihre Wut und die Verzweiflung nicht einfach wegprügeln. Dann saß sie in ihrem Zimmer, rang stumm die Hände und suchte nach einer Antwort auf die Frage, was geschehen sollte.

Papa sandte ihr seit dem zweiten Mord versteckte Botschaften. Sobald er bei mir ist, hat er die Rolle des grausamen Mörders abgelegt, war sie überzeugt. Dann ist er nur mehr der liebevolle Papa, der er schon immer war. Er weiß dann nichts von seiner Schuld. Sie konnte ihm dann keine Vorwürfe machen. Er würde es nicht verstehen, dass sie schlecht über ihn dachte.

Wenn Papa bei ihr war, bestand immerhin eine Chance, dass sich die Dinge ändern konnten. Das war der Strohhalm, an dem sie sich festhielt. Sie musste diese Chance nützen! Seit Tagen zermarterte sie sich das Gehirn. Hundertmal hatte sie sich überlegt, was sie ihm sagen wollte. Ihm, dem Mörder, der sie liebte und von klein auf angebetet hatte. In wachen Nächten hielt sie Zwiesprache mit dem Vater.

Sollte sie der Polizei nicht doch einen Tipp geben? Vielleicht in einem anonymen Schreiben? Aber das wäre schändlicher Verrat! Wie sollte sie mit dem Bewusstsein weiterleben, den eigenen Vater verraten zu haben?

Vielleicht war die Liebe eines Kindes eine Möglichkeit, die Macht eines Strigois zu brechen. Sie musste es mit Liebe versuchen. Es war möglicherweise der einzige Weg, ihn von seinen Taten abzubringen.

Auf der Intensivstation des Krankenhauses von Cluj-Napoka kämpften die Ärzte um Mikes Leben. Ein Team von Spezialisten hatte sofort eine Notoperation vorbereitet.

In der chirurgischen Klinik war der Polizist in künstliches Koma versetzt worden. Die Ärzte waren nun vorsichtig optimistisch. Die nächsten drei Tage würden über sein weiteres Schicksal entscheiden.

Der Mitarbeiterstab im Präsidium stand unter Schock. Kaum jemand wusste, dass Mike eigentlich Marian Petran hieß. Ausgerechnet Mike hatte es getroffen, einen beliebten und geschätzten Kollegen. Den Mann mit dieser Leichtigkeit, diesem Charme und der anhaltend guten Laune, dem anscheinend alles zuflog. Grigore hatte Mikes Frau die Nachricht überbringen müssen.

Sein Kollege hatte viermal geschossen. Aus seiner Glock, die über 17 Schuss verfügte, fehlten vier Patronen. Wenn auch nur eine Kugel den Mann getroffen hätte, wäre er kampfunfähig gewesen. Heute besaßen die Polizeipatronen eine Kunststoffspitze, die sich im Körper verformte. Früher verwendete man Vollmantelgeschosse, die den Angreifer oft folgenlos durchdrangen, weil er mit Adrenalin vollgepumpt war. In einigen Fällen töteten oder verletzten diese Geschosse sogar Passanten, die hinter dem Getroffenen standen.

Es gab daher nur zwei Möglichkeiten: Alle vier Schüsse hatten ihr Ziel verfehlt – was bei einem Schützen wie Mike völlig unmöglich war! Man konnte lediglich ausschließen, dass der Mörder eine schusssichere Weste getragen hatte. Ballistiker fanden drei Neun-Millimeter-Patronen in Baumstämmen in unmittelbarer Nähe des Tatorts. Eine weitere Möglichkeit bestand darin, dass die vierte Kugel aus Mikes Selbstladepistole getroffen hatte. War der Täter verwundet geflüchtet? An eine dritte Möglichkeit mochte Grigore nicht denken: Dass alle Kugeln den Körper des Angreifers wirkungslos durchdrungen hatten.

„Halte durch, Mike!“, flüsterte er. „Du bist ein harter Knochen.“

Wie hatte dem Mann die Flucht trotz der Blendgranaten gelingen können? Sofort nach den Schüssen war eine Ringalarmfahndung eingeleitet worden. Zehn Kilometer rund um den Tatort waren alle Straßen gesperrt und Passanten ebenso kontrolliert worden wie Autofahrer. Dieses Schattenwesen hinterließ keine brauchbaren Spuren und schien sich in Luft auflösen zu können. Schüsse blieben wirkungslos. Wie sollte man den Täter stellen, ihn fangen? Hatten vielleicht die Blendgranaten, die auf eine mögliche Schwäche des Täters abzielten, den gewünschten Erfolg gebracht? Strigois zerfielen bei blendend hellem Licht ...

Grigore begann an seinem Verstand zu zweifeln, weil er das ernsthaft in Erwägung zog. Immerhin, 22 Stunden nach dem Anschlag gab es keine neue Drohung – allerdings war Mikes Handy verschwunden.

Ein überraschender Fund am Tatort stimmte Grigore optimistisch. Es war ein kleines glitzerndes Ding, das er zwischen dem feuchten Laub entdeckt und mit dem Taschentuch vorsichtig aufgehoben hatte. Auf dem Armband befand sich lediglich die DNA seines Freundes und auch des Mannes, der in Sighisoara ermordet worden war. Keine einzige Spur des Besitzers!

Aber er hatte nun die Tatwaffe, sie lag vor ihm auf dem Schreibtisch. Es war keine Pistole, kein Messer, kein Beil, es war ein harmlos wirkendes Edelstahl-Armband mit einem scharfkantigen Verschluss, 22 Zentimeter lang,

14 Millimeter breit, Marke Coolhand. Nur er wusste von diesem Armband. Es machte keinen Sinn, mit dem Fund an die Öffentlichkeit zu gehen. Viele Männer in Rumänien trugen ähnliche Armbänder. Hilfreich wäre nur eine Gravur gewesen, die zumindest die Initialen des Besitzers verraten hätte. Grigore hatte eine weitaus bessere Idee ...

In der Öffentlichkeit hatte sich die Verwunderung über die Ohnmacht der Polizei gesteigert. Unter dem Hashtag #grigoremussweg forderten Tausende seine Abberufung als Chefermittler, und er rechnete täglich damit, von dem Fall abgezogen zu werden. Die Hysterie wurde durch Social Media befeuert und die verrücktesten Meinungen breiteten sich wie ein gefährliches Virus im ganzen Land aus. In Chatgruppen behaupteten Verschwörungsfanatiker, der Mörder arbeite im Auftrag einer mächtigen Clique, die aus dem Blut Verjüngungsdrogen für Politiker und Reiche herstellen würde. Die wahre Zahl der Ermordeten werde von den Regierenden geheim gehalten. Auch der leitende Ermittler Lucian Grigore sei Teil des Komplotts ...

Die Spekulationen über mögliche nächste Anschlagsorte erreichten einen neuen Höhepunkt. Die Medien benutzten das Böse, um Einschaltquoten und Auflagen zu steigern. Es gab auch Menschen, die von den Taten fasziniert waren. Täglich meldeten sich bei der Hotline Männer und behaupteten, der gesuchte Killer zu sein. Nicht wenige applaudierten, dass der Schlitzer nun auch einem Polizisten „an die Gurgel gegangen“ war.

Grigore fühlte sich wie eine Marionette in einem teuflischen Spiel. Irgendwie hatte er den Eindruck, sich auf einer Reise ins Reich des Wahns zu befinden.

Niclas saß in einer Höhle und wusste nicht, ob die Nacht bereits angebrochen war.

Seit drei Tagen schmerzten seine Augen, sein Sehvermögen war eingeschränkt. Sie hatten ihn dort getroffen, wo er am verwundbarsten war.

Wie hätte er ahnen können, dass dieser harmlos wirkende Wanderer ein Polizeibeamter war? Unverschämt,dass dieser Mann auf ihn geschossen hatte. Außer einem leichten Juckreiz auf Stirn, Brust und Schulter waren die Schüsse folgenlos geblieben. Immerhin, die Polizei war auf der richtigen Spur. Würden sie beim nächsten Mal mit Silberkugeln auf ihn schießen?

Es war kaum Zeit geblieben, das Blut seines Widersachers zu trinken, weil wenig später die Hölle losgebrochen war. Sogar ein Hubschrauber hatte die Verfolgung aufgenommen. Er war auf der Flucht oft völlig orientierungslos gewesen, hatte kaum etwas gesehen. Leider blieb sein Armband verschwunden. Wahrscheinlich war es bei dem heftigen Ringkampf mit dem Polizisten verloren gegangen.

Mit der Burg Corvin verband Niclas düstere Erinnerungen. Die Jahre im Verlies hatten sich ihm unauslöschlich eingebrannt. Ratten, Flöhe, übler Gestank, Kälte und Hunger. Eine Schmach, eine bittere Zeit für einen Fürsten und Nationalhelden. Schließlich hatte er sich mit dem Ungarnkönig wieder versöhnt, sie waren ja durch einen gemeinsamen Feind verbunden – den Türken. Matthias Corvinus hatte ihm sogar ein militärisches Kommando übertragen, da der König von seinem strategischen Genie überzeugt gewesen war. Mit einer ungarischen Armee hatte er ein riesiges türkisches Heer in die Flucht geschlagen und 8 000 Muslime gepfählt.

Niclas wurde von seinem Hass auf die Polizei, von seiner Abneigung gegen diesen Staat angetrieben. Er hatte sich immer an die Gesetze gehalten, seine Steuern bezahlt. Aber wenn man ein Problem hatte, half einem niemand in diesem kaputten Land. Nach seinem schweren Unfall war niemand bereit gewesen, ihm eine Invalidenrente auszuzahlen. Außerdem hatten Ärzte mit ihren Schmiergeldforderungen seine Familie in den Ruin getrieben.

Korruption und Amtsmissbrauch waren in weiten Teilen der rumänischen Bevölkerung verwurzelt. Das Land wurde von selbstherrlichen Politikern regiert, die sich das Geld der einfachen Leute in die Taschen stopften. In landesweiten Demonstrationen zeigten Hunderttausende ihre Unzufriedenheit mit den Politikern und ihre Verachtung für Richter, Staatsanwälte, Ärzte, Zöllner und die Polizei. Die Menschen hatten längst den Glauben verloren, dass sich dieses geschundene Land jemals von der langen Zeit der Diktatur erholen würde.

Dieser schießwütige Polizist mit dem Rucksack, das war doch dieser Bettler in Sighisoara. Niclas vergaß niemals ein Gesicht. Und dieser christliche Zettelverteiler war also sein Kumpan. Diese beiden Schwachköpfe hatten ihm in Sighisoara tatsächlich eine Falle stellen, ihre Kräfte mit ihm messen wollen. Dabei war er mit seinen Heeren bereits erfolgreich gewesen, Jahrhunderte bevor diese Polizei-Zwerge das Licht der Welt erblickt hatten. Ihr zweiter Versuch bei der Burg Corvin war nun jämmerlich fehlgeschlagen. Diesen zweiten Mann, diesen „Jesus-liebt-dich-Typen", wollte er sich beim nächsten Mal holen.

Der Verlust des Armbandes war bitter. Ein neues Schlitzwerkzeug war schnell gefunden, doch es handelte sich um ein Geschenk seiner Tochter. Es war nun höchste Zeit, Lara zu treffen. Er hatte sich für sein Mädchen eine besondere Überraschung ausgedacht.

Grigore schlich rastlos durchs dunkle Haus, als wäre er ein Geist. Er hatte die Blendgranaten bei der Schwarzen Burg nicht nur deshalb eingesetzt, um einen Täter bei Dunkelheit verfolgen zu können. War sein Verdacht doch nicht so verrückt gewesen? Hatte das blendend helle Licht seinen Widersacher ausgeschaltet? Es gab keine neue Kurznachricht, keine Drohung.

An diese Hoffnung hatte er sich drei Tage lang geklammert. Bis in den heutigen Morgenstunden eine neue Nachricht, geschrieben auf Mikes Handy, eingetroffen war. Sie enthielt – ganz im Gegensatz zu den bisherigen SMS – ungewohnt viele Tippfehler. „Er ist angeschlagen, aber er lebt", dachte Grigore. Der „Fürst" erging sich in Selbstlob und machte sich über die Ohnmacht der Polizei lustig. Kein Wort über neuerliche Anschläge.

Doch Grigore war überzeugt, dass der Serienkiller nicht aufgeben würde. Er war ein Getriebener seiner Sucht.

Ganz Rumänien stand im Banne des „Jahrhundertverbrechers“, wie ihn ein bekannter Kolumnist bezeichnet hatte. Es waren monströse, einzigartige Taten in einem Grenzbereich jenseits von Erklären und Verstehen. Das ganze Land blickte gebannt und zugleich fasziniert hin – wie in einen Abgrund. Das Publikum verspürte Lust am Abwegigen, Bizarren, Makabren, an der dunklen Seite der Menschen. An Gewalttätern, die Grenzen und Tabus unserer Zivilisation brachen. Es war die Idee des Bösen, die Menschen erregte und in ihren Bann schlug. Dieses Böse war eben Teil der menschlichen Natur.

Grigore hatte schon oft Mörder in psychiatrischen Anstalten besucht, um sie nach ihren Fantasien zu befragen. Er wollte sie in ihrem Handeln verstehen, er dachte wie sie, er versuchte, auch so zu fühlen. Doch dieser Fall war anders. Was nützte ihm seine jahrelange Routine? Was nützten die Analysen von Profilern? Gegen diesen wahnwitzigen Einzeltäter schien es kein Mittel zu geben. Er entzog sich jeder Schablone der Verbrechensbekämpfung.

In den Online-Foren wurde heftig diskutiert, wie Blut schmeckt: süß, salzig, nach nichts, nach Metall. Ein Bestandteil des Blutes, der den metallischen Geschmack verursachte, war tatsächlich Eisen. Ein User verwies auf die Empfindung, die sich beim Lecken über eine Eisenbahnschiene einstellt. Jugendliche feierten Horror-Partys, zu denen man mit aufgeschlitzter Kehle erscheinen sollte. Die entsprechenden Farbtöne zum Schminken lagen auch vor Ort bereit. Vieles war an Verrücktheit nicht zu überbieten!

Die Touristenströme, die im November langsam versiegten, wurden durch die Serienmorde angefacht. Hotels in Bran und Sighisoara waren für das kommende Frühjahr bereits ausgebucht. Es war logisch, dass sich die Mordserie in dieser Region mit ihren vielen dunklen Geheimnissen zutrug. In Transsilvanien wurde die Beschwörung und Verherrlichung des Bösen zum Geschäftsmodell erhoben. Tausende lebten davon, es beständig am Leben zu erhalten und geschickt zu vermarkten. Mit der unfassbaren Grausamkeit eines Massenmörders, der auch gegen sein eigenes Volk gewütet hatte, verdienten sie ihren Lebensunterhalt.

Plötzlich glaubte Grigore, vor der Lösung des Rätsels zu stehen: Das Böse war aus dem Dunkel der Geschichte ins Leben zurückgekehrt. Es hatte über die Jahrhunderte gelauert und geduldig gewartet, dass es wieder auferstehen und losschlagen konnte.

Grigore vertiefte sich seit Tagen in die Unterlagen und Protokolle zum Welt-Dracula-Kongress, der 1995 in Bukarest großes Aufsehen erregt hatte. Dabei war er auf die These des ungarischen Historikers Gergo Becskei gestoßen, die damals kaum Beachtung gefunden hatte: „Die Grausamkeiten, die sich in Transsilvanien ereignet haben, könnten eines Tages in der Person eines blutrünstigen Monsters, halb Mensch, halb Strigoi, wieder lebendig werden."

Es war ein Moment der Wahrheit: klirrend kalt wie diese Nacht im November. Er wusste, dass diese Theorie eines weitgehend unbekannten Historikers ungeheuerlich klang, als entstammte sie der überhitzten Fantasie eines drittklassigen Drehbuchautors. Grigore musste jedoch jedem Verdacht nachgehen, auch dem verrücktesten. Für ihn war es die einzig logische Erklärung für die Ereignisse der letzten Tage.

Es war hoch an der Zeit, das Undenkbare zu denken: Wenn es tatsächlich kein herkömmliches Mittel gab, den Täter auszuschalten, dann blieb nur diese eine Methode, mit der man früher Strigois zur Strecke gebracht hatte.

„Nein, nein, niemals!“, flüsterten seine Lippen lautlos. Er stieß den Kopf gegen den Türstock. „Es kann, es darf nicht sein!“ Plötzlich wurde ihm bewusst, dass es ein verdammt schmaler Grat war, der ihn vom Abdriften in den Wahnsinn trennte. Zum ersten Mal in seiner Laufbahn als erfolgreicher Mordermittler fühlte er Ohnmacht, begleitet von Angst. Vor dem Fremden, Unsichtbaren, vor dem unbekannten Grauen.

Nicht er jagte diesen irren Mörder, der irre Mörder jagte ihn. Vielleicht hatte er schon ein Netz ausgeworfen, in dessen Maschen er sich fangen sollte. Wenn er dem Monster beim nächsten Mal in die Augen sehen würde, dann konnten es die letzten Sekunden seines Lebens sein. Ein Ausbildner hatte es vor 30 Jahren vor den angehenden Kriminalkommissaren drastisch formuliert: „Irgendwann kann die Leiche am Tatort die eigene sein.“

„Ich muss es zu Ende bringen“, dachte Grigore. „Koste es, was es wolle. Und wenn es mein eigenes Ende ist!“ Der Morgen dämmerte. Das erste Licht des neuen Tages fiel auf das Armband des Mörders auf seinem Schreibtisch.

TOCHTERLIEBE

Lara spürte einen plötzlichen kalten Luftzug. So, als wäre jemand eingetreten.

Dann wurde sie an der Schulter gerüttelt.

„Papa ..."

„Alles Gute zum Geburtstag, mein Schatz!"

Lara griff zum Lichtschalter, Niclas zog ihre Hand zurück. Lara tastete nach seinem Gesicht und erschrak, als sie den Bart fühlte. Diesmal war es kein Traum. Papa saß vor ihr auf dem Bett.

„Ich bin so froh, wieder bei dir zu sein. Als Geschenk habe ich dir das hier mitgebracht. Das brauchst du doch so dringend."

Er drückte ihr etwas in die Hand. Lara versuchte zu ertasten, was sich da in einem Kuvert verbarg. Es waren Geldscheine, ein ganzes Bündel. Gestohlenes Geld aus der Brieftasche des Fremdenführers aus Sighisoara.

„Danke", stammelte sie. Lara suchte vergeblich nach Worten, die dieser Begegnung im Dunkeln den Schrecken nehmen konnten. Papas Fingernägel waren krallenhaft lang. Lara konnte seine Augen nicht sehen, doch sie fühlte, dass sein fiebriger Blick fest auf ihr ruhte.

„Hast du meine Nachrichten bekommen?", fragte er.

„Ja, aber das war sehr unvorsichtig. Die Polizei ist hinter dir her."

„Ich weiß, sie suchen meine Leiche, aber sie werden sie nicht finden."

Seine Stimme klang seltsam kratzig und rau. War das überhaupt ihr Vater? Da waren plötzlich Gefühle von Fremdheit, die sie benommen machten.

„Niemand weiß, ob du noch lebst ..."

„Sollen sie ruhig glauben, dass ich ertrunken bin. Wichtig ist, dass du weißt, dass ich lebe. Ich fühle mich lebendiger, als es die da draußen jemals sein können. Bald wird sich niemand mehr um mich kümmern."

„Was ... was ist passiert?"

Lara fühlte, wie ihr Herz bis zum Hals schlug. Wenn jetzt bloß der Kater nicht auftauchte. Kaspar könnte mit seinem wütenden Gefauche die Mutter wecken.

„Ich weiß, meine Geschichte klingt verrückt", sagte Niclas. „Aber alles ist genau so geschehen."

Er erzählte von dem Flüstern im Fluss. Von den Krücken, die er ins Wasser werfen sollte. Dass er plötzlich wieder gehen konnte.

„Das ist ... großartig. Aber warum bist du dann verschwunden? Ich habe dich vermisst."

„Ich wollte eine Zeitlang untertauchen. Dich zu verlassen war das Schwerste."

Sein Gesicht war nun so nahe, dass Lara seinen Atem an ihrer Wange spürte.

„Du musst leise sein, Mama schläft!"

„Ist sie denn nicht in der Schicht? Heute ist Donnerstag."

„Man hat sie rausgeschmissen."

Niclas raschelte mit dem Kuvert. „Mit dem da kommt ihr einige Zeit über die Runden. Wenn ich wieder komme, bringe ich mehr. Ich werde immer für dich da sein."

Laras Augen hatten sich an die Finsternis gewöhnt. Sie konnte den Vater schemenhaft erkennen. Die längliche Narbe auf der Stirn, Folge seines Unfalls im Schloss, trat im fahlen Mondlicht hervor. Niclas tastete nach ihrer Hand. Er konnte die Schwielen an ihren Fingern spüren.

„Du hast den Zaun fertig gemacht. Danke."

Er drückte ihre Hand und ließ sie nicht mehr los. Eine Gänsehaut kribbelte wie spitze Nadeln über Laras Rücken. Es war die Hand, die ihr einst beim Einschlafen geholfen hatte. Ihr Halt, ihr Schutz war diese Hand. Nun fühlte sich diese Hand an wie eine tote Hasenpfote.

„Papa, weißt du noch, wie wir früher meinen Geburtstag gefeiert haben?"

„Zur Torte gab's Kakao."

„Torte haben wir keine, aber wir könnten jetzt Kakao trinken – wie damals!"

Niclas mochte jetzt keinen Kakao und verzog angewidert das Gesicht, doch er wollte seiner Tochter eine Freude machen. Schließlich war heute ihr Geburtstag. Lara ging auf Zehenspitzen voraus. Sie kannte jede knarrende Diele, stieg über sie hinweg. Sie konnte die Schritte des Vaters nicht hören. Er schien über die Treppen zu schweben. Lara nahm Milch aus dem Kühlschrank. Niclas stieß einen kurzen spitzen Schrei aus.

„Was ist denn?"

„Das Licht, mach es aus, bitte mach es aus!"

Rasch schloss Lara den Kühlschrank. Niclas rieb sich die Augen und beruhigte sich nur langsam.

„Ich muss jetzt den Gasherd anzünden, Papa. Die Flammen, du solltest wegschauen."

„Ist schon gut, danke."

Lara verschüttete etwas Kakao auf dem Boden. Der Vater rückte ganz nahe zu ihr. In seinen Augen lag jetzt ein lauerndes Leuchten. Seine Hand streichelte über ihre Wange, glitt tiefer zum Hals. Lara spürte seine Fingerkuppen an ihrer Halsschlagader. „Ich möchte, dass wir beide immer zusammenbleiben. Du weißt, dass du immer das Wichtigste warst in meinem Leben. Nichts hat mich glücklicher gemacht, als dein Vater zu sein."

„Papa, ich hab dich lieb!"

Sie sagte es mit tränenerstickter Stimme. Lara streichelte seinen Arm und zog ihn sachte von ihrem Hals weg. An seinem rechten Handgelenk fehlte das Armband.

„Papa, erinnerst du dich an das Pony, auf dem ich Reiten gelernt habe?"

„Und ob, das hab ich meiner Prinzessin zu ihrem 5. Geburtstag geschenkt. Du warst glücklich wie nie zuvor. Weißt du, das sind die Augenblicke, für die es sich zu leben lohnt."

Lara sprach nun so leise und sanft, so überlegt und zärtlich, als ginge es nicht um einen Vater, sondern um einen Erlöser, der erschienen war, um ihrem Leben wieder Halt und Zuversicht zu geben. Niclas schluckte ergriffen, nippte hin und wieder an der Tasse. Dann erzählte Lara von der Schule, von den Tieren im Stall.

Der Vater begann plötzlich zu zittern:

„Bald wird es hell. Ich muss wieder hinaus in die Nacht!“

Lara hielt ihn an der Schulter fest. „Papa, weißt du noch, wie ich einmal eine Murmel verschluckt habe und du mich gerettet hast?“

Niclas trank die Schale leer. „Ja, das war verdammt knapp. Ich erinnere mich genau, das war kurz vor deinem ersten Geburtstag und es hat den ganzen Tag geregnet.“

„Und jetzt bin ich 16. Es war eine schöne Zeit mit dir. Ich danke dir für alles.“

Sie schlang ihre Arme um ihn, ließ ihn nicht mehr los. Niclas schluchzte und konnte sich nur mühsam aus der Umarmung befreien.

„Ich komme bald wieder, leb wohl!“

Niclas erhob sich. Lara drückte ihn auf den Stuhl zurück. Sie geriet fast in Panik, die Worte quollen in einem einzigen Schwall aus ihrem Mund:

„Du bist schon zu müde. Du wirst der Polizei in die Arme laufen. Vielleicht lauern sie da draußen schon auf dich. Wenn sie dich schnappen, werde ich dich vielleicht nie wieder sehen.“

„Mach dir keine ... Sorgen wegen mir. Ich bin stärker als ... die da draußen.“

Er wirkte plötzlich benommen, sprach nun schleppend, mit schwerer Zunge. Eine bleierne Müdigkeit schien sich in seinem Körper auszubreiten.

„Ich bringe dich hinüber zum Geräteschuppen. Mama schläft stets bis Mittag. Sie wird dort nicht auftauchen.

Um fünf ist es bereits dunkel und du kannst wieder hinaus in die Nacht ziehen. Dann bist du auch länger bei mir."

„Ja, du hast vielleicht recht, das ... werde ich tun. Ich weiß nicht, was mit mir ..."

Auf dem Weg über die Wiese schwankte er, als wäre er betrunken. Lara stützte ihn.

Mit jeder Faser ihres Körpers war sie hellwach, zu allem entschlossen. Der Hund des Nachbarn bellte. Im Schuppen hielt sie ihren Vater in den Armen wie eine Mutter ihr Kind. Sie betrachtete ihn liebevoll und wiegte ihn behutsam in den Schlaf, bis er die Augen schloss. Als sie sein gleichmäßiges Atmen hörte, flüsterte sie:

„Leb wohl, Papa!"

Lara wusste, dass sie die Sache nun rasch zu Ende bringen musste. Jetzt gab es kein Zurück mehr.

Zwei Wochen waren seit der Attacke auf Mike vergangen. Zum ersten Mal seit Beginn dieser unheimlichen Serie waren keine weiteren Opfer zu beklagen. Die Polizei hatte an diesem Freitag für 11 Uhr eine Pressekonferenz angesetzt. Grigore saß vor einem Dickicht von Mikrofonen und blickte aus müden, rot unterlaufenen Augen auf die sensationsgierige Meute. Stative, Scheinwerfer und Mikros an Teleskopstangen wurden in Stellung gebracht. Die Kameras waren wie Geschütze auf den Chefermittler gerichtet. Die Pressekonferenz wurde live im TV und Internet übertragen. Nach einem schier endlosen Blitzlichtgewitter prasselten sogleich die Fragen auf ihn ein:

„Haben Sie eine Erklärung für das vorläufige Ende der Mordserie?“

Nach einigen Sekunden, die sich anfühlten wie eine Ewigkeit, antwortete Grigore:

„Der Täter hat sich möglicherweise zurückgezogen oder ins Ausland abgesetzt, weil ihm der Fahndungsdruck zu groß geworden ist. Die Suche ist nun auf den gesamten EU-Raum, die Ukraine, Serbien und Moldawien ausgeweitet worden. Sein augenblickliches Verhalten ist untypisch für einen Serientäter. Ich warne aber ausdrücklich davor, die Gefahr im Land zu unterschätzen.“

Grigore sprach stockend, wie gelähmt von einer übergroßen Erschöpfung. Seine verkrampften Hände umklammerten die Mappe mit den Ermittlungsakten.

„Welche Möglichkeiten ziehen Sie noch in Betracht?“

„Er könnte durch die auf ihn abgegebenen Schüsse beim Einsatz in Hunedoara verletzt worden sein. Wie Sie wissen, konnte eine Patrone nicht gefunden werden. Möglicherweise ist er auf der Flucht seinen Verletzungen erlegen. Wölfe und Bären haben sich geholt, was sie brauchten. Ich habe außerdem während des Einsatzes eine frische Bärenspur entdeckt.“

Verzweifelt versuchte Grigore, die wirr in seinem Kopf schwirrenden Gedanken zu kontrollieren. Sein Blick flackerte durch den Raum. Ständig klingelte irgendwo ein Handy. Es schien ihm unendliche Mühe zu bereiten, sich zu konzentrieren.

„Wie geht es Ihrem schwer verletzten Kollegen Petran?“

„Er ist wieder ansprechbar, konnte aber zum Einsatz bei

der Burg Corvin noch nicht befragt werden. Wir hoffen und beten, dass er wieder gesund wird."

Allen war längst aufgefallen, dass Grigore Fragen immer verzögert beantwortete, so als erreichten sie ihn aus weiter Ferne. Er war verzweifelt bemüht, seiner Stimme die innere Erregung nicht anmerken zu lassen. Nun meldete sich der Journalist eines berüchtigten Privatsenders. In seinen Worten schwang Verachtung:

„Sie behaupten ernsthaft, der Mörder sei von einem Bären aufgefressen worden? Und das sollen ihnen die verängstigten Menschen in diesem Land abnehmen?"

Grigore konnte seine Wut kaum noch bezähmen und brüllte los: „Ich habe es nicht behauptet, ich habe es als Möglichkeit in den Raum gestellt. Sie sollten besser zuhören!"

Ein Raunen ging durch den Saal. Grigore wusste, dass seine Antworten die Journalisten nicht zufriedenstellten. Prompt machte einer seinem Unmut Luft:

„In der Öffentlichkeit muss der Eindruck entstehen, dass hier etwas vertuscht wird."

„Niemand will etwas vertuschen!" Grigore rang um Fassung. „Wir gehen mit diversen Erkenntnissen aus kriminaltaktischen Gründen nicht an die Öffentlichkeit, um die laufenden Ermittlungen nicht zu gefährden."

Grigore fühlte, wie ihm der Schweiß ausbrach, schlagartig. Die Scheinwerfer-Hitze war in dem überfüllten Raum nicht mehr zu ertragen. Er wischte sich fahrig über die Stirn. Sein Puls raste. Er glaubte plötzlich, die Journalisten würden sich wie Monster auf ihn zubewegen. Ungeheuer mit weit aufgerissenen Mäulern und fratzenhaften Gesichtern. Er kniff die Augen zusammen, blinzelte. Begann er bereits zu halluzinieren? Auch die folgende Frage trug nichts zur Besserung seines Zustands bei:

„Nach einer aktuellen Umfrage sind 32 Prozent der Rumänen überzeugt, dass hier übersinnliche Kräfte im Spiel sind. Immerhin 13 Prozent glauben an einen Strigoi."

Grigore machte eine wegwerfende Handbewegung und antwortete völlig entnervt:

„Sie werden von einem Kriminalisten nicht erwarten, dass er diesen Unsinn kommentiert. Im Übrigen nehmen Sie bitte zur Kenntnis, dass ich meine Funktion als leitender Ermittler mit sofortiger Wirkung zurücklege. Ich danke für die Aufmerksamkeit!"

Für einen Augenblick herrschte gespannte Stille. Grigore sprang auf und verließ den Saal fluchtartig. Die Zuhörer zeigten sich erstaunt, wenn auch nicht wirklich überrascht. Der Chefermittler hatte also Konsequenzen aus seinem glücklosen Agieren gezogen. Die Journalisten hatten ihre Schlagzeilen für den nächsten Tag. Die Medien würden ihm morgen Unfähigkeit vorwerfen, allenfalls einräumen, dass diesem Schritt Respekt gebühre. Schon nach wenigen Wochen würden die Presseleute zu anderen Themen übergehen. Der Fall des „Schlitzers" würde zwar nicht in Vergessenheit geraten, aber wenigstens sollte die Hysterie nach und nach abebben. Und irgendwann war der Zeitpunkt gekommen, da niemand mehr Fragen nach dem Täter stellte.

An der frischen Luft konnte Grigore wieder klar denken. Wie gewohnt, überprüfte er die Radmuttern an seinem Wagen. Vorige Woche war seine Windschutzscheibe mit Hundekot beschmiert worden. Morgen war Samstag, er wollte gründlich ausschlafen und dann Mike besuchen.

Nach mehreren düsteren Tagen schien endlich die Sonne. Lara konnte wieder einmal mit ihren Zwerghasen auf der Wiese vor dem Haus spielen. Ihre fünf Schützlinge lernten gerne kleine Kunststücke, machten auf Kommando Männchen oder sprangen über Hindernisse. Zwerghasen waren schlauer als gemeinhin gedacht. Man musste bloß ruhig mit ihnen sprechen. Sie verstanden sehr schnell, was verschiedene Worte oder Tonlagen bedeuteten.

Im Kakao war ein Schlafmittel. Der Mutter war nicht aufgefallen, dass zwei Tabletten in ihrem Nachtkästchen fehlten. Lara war auf den Besuch ihres Vaters gut vorbereitet gewesen. Die Schlafmittel hatte sie am Boden der Küchenkredenz mit einem Klebeband befestigt. Das Geld des Vaters hatte sie im Ofen verbrannt und nicht einen Schein angerührt.

Nun redete sie sich ein, alles nur geträumt zu haben. Ein Traum, ein schrecklicher, verrückter Traum. Einer jener Träume, aus denen man schweißgebadet und mit heftig pochendem Herzen erwacht. Alles war bloße Einbildung, es hatte so nie stattgefunden. Doch gleichzeitig wusste sie, dass sie das eine offene Auge des Vaters, das sie fragend angestarrt hatte, nicht vergessen würde. Dieses Auge war nun auf unerträgliche Weise in ihr Gedächtnis gebrannt. Schonungslos scharf und erbarmungslos ewig. Lara fand allein in dem Gedanken Trost, dass alles aus Liebe geschehen war. Die Liebe eines Kindes war tatsächlich ein Weg, um einen Strigoi von seinen Taten abzubringen.

Ihre Finger waren rot vom Schrubben, doch das Grauen würde ihnen wohl ewig anhaften. Noch empfand sie keine Trauer um den Vater, da ihre Seele noch unter Schock stand. Oft stellte sie sich die Frage: Wenn man erlebt hat, was ich erlebt habe – wie kann ein Leben dann weitergehen? Es gab kein Zurück ins alte Leben und der Weg in ein neues war verstellt. Sie litt darunter, mit niemandem über die verstörenden Bilder in ihrem Kopf, über die bedrängenden Erinnerungen reden zu können.

Lara dachte auch an Flucht. Einfach weg von hier, egal wohin. Hier würde sie doch immer an das Schreckliche erinnert werden. Dann ging sie in das Zimmer ihres Bruders und prügelte auf den Punching Ball ein. Da ihr Adrians Boxhandschuhe viel zu groß waren, fand sie in ihren Fäustlingen Ersatz. Sie tänzelte, trippelte, schlug Links- und Rechtskombinationen. Der Fußball-Trainer ihres Bruders hatte es einmal so formuliert: „Talent allein genügt nicht. Den Gegner kannst du nur mit Kampfgeist und Disziplin bezwingen.“ Lara wusste, dass sie ihren härtesten Gegner bezwungen hatte – sich selbst!

Die letzten wärmenden Strahlen der Sonne tauchten den Wald in goldenes Licht. Die leuchtenden, wogenden Farben des Herbstes waren verblichen. Hartnäckig zerrte der Wind an den letzten vergilbten Blättern. Kaspar ließ sich schnurrend an einem sonnenbeschienenen Fleck unter dem Fenster nieder. Ein Auto hielt vor dem Haus. Lara fluchte und eilte zum Gartenzaun.

„Was wollen Sie schon wieder? Meiner Mutter geht es schlecht." Die großen Augen, die stets so ernst und traurig ausgesehen hatten, blitzten kampflustig. „Sie sind schuld, dass meine Mutter ihren Job verloren hat. Sie hat mit dem Verschwinden meines Vaters nichts zu tun."

„Ich weiß!", sagte Grigore und ging eilig an ihr vorbei. Laras Mutter saß in der Küche am Ende des Esstisches, zerraufte Frisur, ungeschminkt.

„Entschuldigen Sie bitte, die Tür war offen!" Sie schaute nicht auf, kein Nicken, keine Begrüßung. Sie wirkte gebrochen, mit tiefen Ringen unter den Augen.

„Frau Albescu, ich werde Sie gewiss nicht lange belästigen", begann Grigore zögernd. „Aber ich habe Neuigkeiten zu Niclas, Ihrem Mann."

Er war nach wie vor im Vermisstenfall Bran zuständig, die Ermittlungen waren bloß zwischenzeitlich eingestellt worden. Die Frau blickte mit gespielter Beiläufigkeit auf ihr Handy, zuckte kurz mit den Schultern.

„Nehmen Sie Platz!"

„Seit dem Verschwinden Ihres Mannes sind jetzt fünf Wochen vergangen. Im Jänner können Sie ihn bei Gericht offiziell für tot erklären lassen. Eine Schwierigkeit besteht darin, dass es keinen Hinweis auf die Leiche gibt. Aber in ähnlichen Vermisstenfällen prüft ein Richter die Todesumstände und die Aussagen von Zeugen."

Die Frau griff nach ihren Zigaretten. „Als ermittelnder

Beamter werde ich Ihren Antrag unterstützen und Ihnen als Zeuge vor Gericht keine Steine in den Weg legen. Das ... das verspreche ich. Die Entscheidung des Gerichts ist für Ihre Witwenpension wesentlich."

„Sind Sie denn überzeugt, dass er tot ist?", fragte sie mit brüchiger Stimme.

„Ja, das bin ich."

„Was macht Sie so sicher?"

„Eine absolute Sicherheit gibt es in keinem Vermisstenfall. Die Wahrscheinlichkeit, dass Niclas noch lebt, ist gleich null. Bald werden die Flüsse weniger Wasser führen. Ich fürchte jedoch, dass man ihn nie finden wird. Aber Kinder haben seine Brieftasche entdeckt und zur Polizei gebracht. Sie lag in einem Bachbett. Im Gerichtsverfahren wird sie ein wichtiges Beweismittel sein."

Die Frau schwieg. Ihr Gesicht war reglos wie eine Maske.

„Frau Albescu, ich bedaure, dass Sie unschuldig unter Verdacht geraten sind, und spreche Ihnen mein Beileid aus."

„Danke", sagte sie, ohne ihn anzublicken. „Sie finden sicher allein raus."

Lara war noch mit ihren Zwerghasen beschäftigt. Sie drehte Grigore den Rücken zu, als er das Haus verließ.

„Lara, kannst du bitte einen Moment kommen?"

Widerwillig folgte das Mädchen der Aufforderung.

„Der Zaun ist fertig. Es muss für zwei Frauen schwer gewesen sein, diese Holzpflöcke in den Boden zu rammen."

Trotzig schob Lara die Unterlippe vor, in ihrem Blick blitzte Verachtung auf.

„Die Erde war feucht und nicht gefroren, daher war es nicht schwer. Darf ich jetzt wieder gehen?"

„Natürlich, aber ich wollte dir noch das Eine sagen. Dein Vater war dein einziger Halt. Alles, was du jetzt fühlst, die Trauer, die Ohnmacht – dein Vater hätte nicht gewollt, dass diese Gefühle dich zerstören."

Lara wandte sich ab und ging.

„Du hast das Richtige getan!", rief Grigore. Lara blieb abrupt stehen, ohne sich umzudrehen.

„Das hätte nie ein Ende genommen, wenn du nicht ... Manchmal kann die größte Tat aus Liebe die allerschwerste sein, ich ..."

Dann brach ihm die Stimme und er brauchte eine Weile, um sich wieder zu fassen. Das Mädchen wandte sich langsam um. In ihre Augen trat ein Ausdruck von Verwunderung.

„Was ... was meinen Sie?"

Grigores Blicke schweiften über das Grundstück. Vom Stall zum Autowrack, weiter zum Komposthaufen, von dort zur Jauchegrube. Langsam näherte er sich dem Mädchen.

„Die Sache bleibt unter uns", sagte er mit verschwörerisch gesenkter Stimme und blickte unverwandt zur Jauchegrube. „Niemand erfährt etwas, nur du und ich wissen davon, es bleibt unser Geheimnis, es wird uns für immer verbinden. Das verspreche ich dir."

„Ich weiß absolut nicht, wovon Sie reden." Das Mädchen

wurde blass und begann am ganzen Körper zu beben.

„Es ist wichtig, dass du die Sache verarbeitest. Wenn du mit jemandem darüber reden willst, kannst du mich jederzeit unter dieser Nummer anrufen, ich werde immer für dich da sein.“ Lara steckte die Karte ein, ohne einen Blick darauf zu werfen.

„Und nimm das hier. Es gehört deinem Vater.“

Da lag plötzlich ein Armband in ihrer Hand. Es glitzerte in der Sonne. Tränen schossen in Laras Augen und sie biss sich auf die Unterlippe. Grigore hätte sie jetzt gerne umarmt und eng an sich gedrückt. Das Mädchen blickte ihm nach, als er sich hinters Steuer setzte und losfuhr.

Grigore fühlte große Erleichterung. Er wollte möglichst schnell weg von hier und wünschte sich, nie mehr nach Bran zurückkehren zu müssen. Der Durchbruch in diesem spektakulären Fall war ihm wenige Tage vor Laras Geburtstag gelungen. Er hatte herausgefunden, dass das Armband der Marke Coolhand, Artikelnummer 124, nur über den Online-Versandhandel zu beziehen war. In mühevoller Kleinarbeit war er den Bestellungen der letzten 20 Jahre nachgegangen. Seine Vermutung hatte sich bestätigt, dass Lara die Käuferin war.

Ohne Rücksprache mit dem Staatsanwalt hatte Grigore in Laras Computer einen Trojaner installiert und ihr Mobiltelefon mit einer Spionagesoftware infiziert. Aus den mühsam entschlüsselten Tagebuch-Einträgen des Mädchens ging hervor, dass Lara den Vater treffen und handeln würde. Und es gab nur einen Menschen, der den

Wahnsinn beenden konnte – Lara! Sie zu schützen, war danach sein oberstes Ziel.

Letztlich hatte Grigore im Netz einen Videoclip aus dem Horrorhaus entdeckt. Er zeigte den telefonierenden Albescu in seinem Sarg, umgeben von lachenden und johlenden Besuchern. Das Armband und das deutlich sichtbare Zucken in Albescus Gesicht hatten ihm letzte Gewissheit gebracht. Und die Expertise der Profilerin Lazar traf auf eine Person exakt zu: Niclas Albescu.

Somit würden die Serienmorde von Transsilvanien nach weiteren erfolglosen Ermittlungen zunächst an das Dezernat für Sonderfälle gehen. Und irgendwann als Cold-Case-Akt mit folgendem Vermerkt der Staatsanwaltschaft geschlossen sein:

„Ein Täter konnte nicht ermittelt werden."

Auch Mike würde die Wahrheit nicht erfahren. Schließlich hatte er gegenüber Lara ein Versprechen abgegeben. Grigore wusste, dass ihn das Schicksal von Lara und deren Mutter auch in Zukunft beschäftigen würde. Gewaltdelikte hatten etwas gemeinsam: Sie hinterließen Spuren bei den Angehörigen des Opfers und des Täters. Und manchmal veränderten sie auch sein Leben.

Grigore war in die Hauptstraße eingebogen. Er merkte, wie er befreit aufatmete. Im Rückspiegel konnte er gerade noch die Türme von Schloss Bran erblicken.

NACHBEMERKUNG

Daten und Fakten aus dem Leben von Fürst Vlad III., „dem Pfähler", (etwa 1431 – 1476) werden von Historikern teils widersprüchlich dargestellt, ebenso die Bewertung seiner Person. Der Autor hat sich nach einer Reise durch Rumänien und dem Studium unterschiedlicher Quellen um größtmögliche Genauigkeit und Objektivität bemüht.

Alle E-Mails zu diesem Buch werden vom Autor gerne beantwortet: *autor@robertklement.com*

www.robertklement.com

ROBERT KLEMENT

Geboren am 10.1.1949 in St. Pölten. Neben seiner beruflichen Tätigkeit als Hauptschullehrer begann er, Reportagen für Zeitungen und Magazine („Profil“) zu schreiben.

Seit 1986 veröffentlichte er 26 Bücher. Seine an Tatsachen anknüpfenden Romane beruhen auf genauen Recherchen. Gleich in seinem ersten Buch („Durch den Fluss“) prangert er Menschenrechtsverletzungen in der damaligen CSSR an. Nach einer Flugblattaktion für den Charter-Gründer und späteren Staatspräsidenten Vaclav Havel wird er 1989 in Prag inhaftiert. In Brasilien mischt er sich unter Straßenkinder, die von Todesschwadronen bedroht werden. Nach dem schweren Erdbeben in Armenien versucht er, die Schicksale der Opfer und Helfer aufzuzeichnen. Im Himalaya recherchiert er die verschlungenen Wege der Pelztier-Mafia, die den Schneeleoparden jagt.

Seine Studienreisen führen ihn von Alaska bis Neuseeland, von Kuba bis zu den Philippinen.

Ebenfalls bei Obelisk erschienen:
SPURLOS – DAS DÜSTERE TAL
ISBN 9783851979480 / € 13,00